CLASSIC

當代大師

文學經典

預知死亡紀事

加布列・賈西亞・馬奎斯——著
葉淑吟——譯

Gabriel
García
Márquez

**CRÓNICA DE
UNA MUERTE
ANUNCIADA**

來自世界的最高讚譽！

我認為馬奎斯早已寫過「真正的愛情小說」：《預知死亡紀事》就是他從悲情孤寂幻滅悲觀的《百年孤寂》轉化到歷練、成熟、刻骨銘心、鋪陳圓滿結局的愛情；也是從一九六〇年代「爆炸時期」（boom）的魔幻寫實主義逐漸轉向到「後爆炸時期」（post-boom）寫實的代表作。

——臺大外文系教授兼國際長．西班牙皇家學院外籍院士／**張淑英**

一部具有高度爆發力的特別之作，諾貝爾文學獎非它莫屬！

——**《時代》雜誌**

天才之作，小而精美。我們幾乎可以看見、
聞見與聽見馬奎斯所處的加勒比的海水和當地的居民。

——**舊金山紀事報**

精妙的傑作！……

這不僅僅是一部編年史，
而是一幅關於城鎮及其集體心靈的肖像；
這也不僅僅是一個家庭，而是包含整個文化！

——**華盛頓郵報書的世界**

故事中對過往謀殺事件的調查，
具有一種在剖析幻覺般的質量，
它如此深刻，又具探索性。
它探索著人類意圖中的黑暗，並不停尋找被斬斷的真相。
——**《紐約書評》雜誌**

慘痛的極致！出色又奇特的構思，
一種形而上學的謀殺之謎！
——**紐約時報書評特刊**

一部大師傑作！
——**標準晚報**

【導讀】

是誰殺了山迪亞哥・拿紹爾？

輔仁大學西班牙語文學系專任副教授／**李素卿**

加勒比海附近的村鎮，週末一場熱鬧空前的婚禮後，在準備迎接主教造訪之際，卻發生一樁預告的殺人事件。一個外地仕紳來到鎮上尋找結婚對象，看上一位年輕貌美姑娘，經過一番努力終於獲得女方家人同意，但是在新婚之夜，新郎發現新娘已非處女之身，他便把新娘送回娘家，而新郎則獨自回到新房喝得不省人事，數日後被人發現並被家人帶回，失去了錢財也失去了新婚的妻子。新娘在家人逼問下，說出鎮上青年山迪亞哥・拿紹爾是奪她貞操之人，新娘的雙胞胎哥哥身負捍衛家族名譽重任，拿著殺豬刀揚言要殺拿紹爾以洗門風。一連串的巧合使得被指控的拿紹爾終於在最後一刻得知消息，眾目睽睽下，在抵達自家大門前慘遭殺害，捧著自己外露的內臟，經由後門進到家裡廚房倒下。斷氣之後，屍體先被暴露在大庭下，後遭解剖破壞殆盡，最終只得匆匆下葬。

一、結構敘述

小說共分為五個章節，採倒敘法，分別介紹故事主角的背景。第一章敘述拿紹爾之死，在小說的一開始我們就知道山迪亞哥・拿紹爾（Santiago Nasar）已經遇害了，接著就介紹拿紹爾的家世背景。第二章為變調的婚禮，主要介紹新郎巴亞多・聖羅曼（Bayardo San Román）和新娘安荷拉・維卡里歐（Ángela Vicario）的背景故事。聖羅曼是來自外地的仕紳，小說敘述他「走過一座又一座村莊尋覓結婚對象」，新娘安荷拉則來自一個困苦的家庭。新婚之夜時新郎來歸還新娘，從此改變主角三人的命運。第三章揭示了殺人的訊息是如何被傳開，村裡的眾人輾轉得知安荷拉被退婚，以及雙胞胎兄弟為了捍衛家族名譽決定要報復的訊息。雙胞胎兄弟到處放話，其實也是希望有人可以去通知拿紹爾，阻止他們犯下殺人罪刑，最後卻沒成功。到了第四章，雙胞胎兄弟的那兩把刀，似乎只是災難的序曲。拿紹爾在眾目睽睽下被殺害，死後屍體暴露在外，之後甚至被神父解剖造成屍體損害，屍體發出氣味久久不能散去。第五章描述那場荒謬的命案，在偽善的世界，無數巧合造成命案發生。最後一幕拿紹爾在自家大門前被刺殺後，捧著外露的腸子，從後門走進家裡廚房倒下。

二、敘述觀點

《預知死亡紀事》小說採用第一人稱敘述，以報導紀事寫法呈現，內容則以推理犯罪小說方式進行，回顧一樁多年前的荒謬命案，透過與許多關鍵人的訪談，試圖拼湊出案發當年的真相。故事的發展從神秘外地仕紳的到來、盛況空前豪華熱鬧的婚禮、眾人矚目的主教造訪消息，到變調的婚禮和荒謬的預知殺人事件收尾。作者從結尾的命案當開頭，回顧追蹤事件發生的原委，我們發現村裡前所未見的景象，又豈止是那盛況空前的婚禮派對？還有那預知殺人的事件與眾人圍觀的命案與解剖！久久未能散去的又何止是解剖屍體的氣味，還有沒辦法平靜下來的心，以及怵目驚心當眾殺人與當眾解剖的那一幕！

誰是受害者？一個新婚之夜被退回的美麗新娘？一個失去一切的失望新郎？還是一無所知死於非命的二十一歲年輕人？

> 拿紹爾的家世背景：他是位二十一歲阿拉伯裔青年人，他的優點是樂天、溫和和心腸軟，（第37頁）繼承父親留下的牧場，和母親相依為命。（……）案發前一天的婚禮中，他特別關注婚禮派對的細節與費用，因為他有位正式交往的女朋友（Flora Miguel），並且打算聖誕節時辦婚禮。案發當天清晨，他和大部分居民一樣非常期待主教的到訪，特別回家換上正式服裝，從大門出去準備迎接主教。（第52頁）

誰又是加害者？新娘一句話指控山迪亞哥・拿紹爾是奪她貞操之人，因此他就被認定有罪之人，而該受懲罰！天性善良的雙胞胎兄弟為何拿起屠刀公然行兇？

雙胞胎兄弟放話，希望有人阻止他們殺人，卻沒成功。他們是大家眼中的老實人，沒人理會或相信他們會殺人，以為他們喝醉了。「別傻了。」他對她說。「那兩個傢伙不會殺人，更不會殺有錢人。」（第95～101頁）

他們有意殺人，還能理直氣壯辯解說他們沒罪！因為事關名譽，凌駕一切之上。雙胞胎兄弟被要求捍衛家族名譽執行報復。

佩德羅：「我們是有意要殺他的，可是我們無罪。」阿馬多神父回憶：「只在天主面前是無罪吧。」帕布羅說：「在天主和人類面前，這是攸關名譽的事。」（第92頁）

未婚妻：「名譽之事不容耽擱。」（第110頁）

先後曾想阻止或通知拿紹爾的人包括警察、賣牛奶的夫婦、拉薩羅．阿薩德上校（村長以為沒收刀子就沒事了），阿馬多神父也曾試著通知，可是後來忘記了，瑪莉亞·阿蕾韓蒂娜·塞萬提斯等人，也都沒成功。多年後敘述者和律師討論案件，律師也百思不解。即使想要追尋真相，然而事隔多年，有些資料遺失不全，此事的許多相關人，或因為年長，或不在人間，或不願再談此事，而使真相無法完整呈現，無法歸還真實原貌。

三、主題探討

小說探討的主題很明顯是父權主義下的名譽與暴力。只要事關家族名譽，儘管面對宗教道德與法律，甚至是在主教的到訪之際，未經審判調查確認真相，就可當街殺人，而且理直氣壯！新娘情急之下說出的人，一定是真的嗎？即使多年之後，敘述者再度追問，她仍不願改口，也因此成謎。或許當時她認為因為拿紹爾的家世，鎮上不可能會相信或會對他怎樣，沒想到會發生不幸命案。雙胞胎兄弟是大家眼中的老實人，也沒有人相信他們會真的殺人，沒想到他們真的執行報復的行動，手刃屠刀當眾撲殺拿紹爾，最沒想到的應該是拿紹爾本人，這麼荒謬的事竟然發生在他身上！以名譽之事，行暴力之實。

除了婚禮派對的盛況空前之外，小說中用了極多的篇幅去描寫暴力，首先是一開始廚娘在廚房燉兔子的準備，清理內臟以及狗吠的那一幕，明顯地預告後來的慘案情景。

拿紹爾在自家大門前空手面對雙胞胎兄弟的追殺，被架起來貼著門板砍殺，先刺穿右手掌，再亂刀砍殺，最後往肚子橫切一刀，腸子全部迸出來。最後努力從血泊中爬起來雙手捧起外露的腸子邁開腳步，從後門回到家，在廚房裡面部朝地倒下。（第185～

189頁）

然而死亡竟然不是最大的暴力！

之後屍體躺在一張狹窄的單人鐵床上，攤在廳堂中央暴露在眾人眼前。有太多好奇的民眾想看他，狗兒聞到死亡氣味騷動不安，（……）（第125頁）之後為了完成驗屍報告，必須進行解剖屍體，在公立學校進行，由神父負責解剖。想到慘遭橫禍的好友拿紹爾，屍首還慘遭肢解損毀，最後體無完膚，敘述者用自己的方式哭泣。（第130頁）

新娘和家族的名譽有人替她捍衛討公道，新郎也被寄予同情關懷，被帶回家鄉，但是從拿紹爾死前幾個小時的舉動和種種跡象，都顯示他是無辜的，最後卻意外被殺害死於非命。但又有誰給他機會辯護，還他清白呢？

人潮從碼頭回來，他們注意到咆哮聲，紛紛在廣場上占好位置，準備見證命案發生。（第173頁）

一樁應阻止而未能阻止的命案，最後只能歸咎於命運難違，眾人的冷漠（另類的集體謀殺？）或許是作者最大的控訴吧。

【導讀】

世界錯時我亦錯

——馬奎斯小說中的好兇手、非處女，以及路過的主教

作家／**張亦絢**

「主教走了。」

「我就知道。」她說。「真是狗娘養的兒子。」

《百年孤寂》譯到臺灣之時，我還是高中生，當年人手一本的盛況，我仍記憶猶新。馬奎斯做為偉大小說家的聲譽與地位長年不墜，篇幅相對短小的《預知死亡紀事》，提供讀者一個絕佳的機

會，在一窺經典文學堂奧的同時，還能透徹了解，這個可以說是小說發展中的愛因斯坦，極具藝術教學性的基礎理論演繹。

小說的原點是什麼？對於小說家來說，小說經常源於一種「世界是錯的」的感受，但是從這個立場出發，怎麼處理這個「錯」呢？就讓我們跟著馬奎斯，走一趟這個好錯亂之旅吧。

好好兇手，好在哪裡？

《預知死亡紀事》的第一個特色，我會說，是馬奎斯刻劃了一對雙胞胎的好兇手。兇手怎麼可能是「好」的呢？可能——因為他們在謀殺之前，幾乎告訴每個人，他們打算殺人——方法有的、動機是明白的——真是省下了所有我們要煩惱的事項。歷來社會在謀殺一事耗費最大的成本，難道不是找出真兇，搜集證據以及設法定罪嗎？

這回，一切都省下了。「事實似乎是維卡里歐兄弟一點也不想趁四下無人，或那麼快殺掉山迪亞哥．拿紹爾，他們盡可能做了各種努力，希望有人阻止他們殺人，卻沒有成功。」如果我們探究得更深一點，兇手甚至等在拿紹爾平時不走的前門——馬奎斯在小說開始沒多久就細寫了這個被標為「奪命之門」的地理位置。它很重要，因為相對於常用的後門，這個前門面對廣場，有人群、有目光——非常能夠佐證，兇手確實是在最光天化日也最具公共場所性格的空間中，等待他們的獵物。呼應了主述者在重建記憶時，覺察到這對兇手能拖就拖的心理。「所有人都看見他走出來，也都明白他已經知道他們要殺他。」有些人大聲要拿紹爾繞路走，然而沒有人對兇手說什麼。這是意味深長的一幕：人們也許不希

點隨便。望他死，但對兇手想殺他這事——如果不說沒有意見，至少也有

拿紹爾從他未婚妻的家裡走向自己家的前門，還未走到就遇襲。謀殺的事因起於夜間三點，然後他在七點喪命——在這四個小時中間，知情眾人的反應林林總總：從袖手旁觀到疲於奔命，有按下不表與私心竊喜——馬奎斯不只讓我們迅速進入當地生活與人際的組成方式，也揭開了人們複雜的心理史與性態度。

主教路過，路有什麼？

這個血腥的週一是個大日子，因為主教會坐船路過——這是一個容易被忽略的元素，但若要了解小說廣闊的版圖，它卻是樞紐。如果借用米歇爾．傅柯等的觀察，從上帝到主教到家中父親，存在

著某種一條鞭的關係，只要教化人們愛其中一個，都是加強對其他的臣服，也是鞏固父權的歷史手段。拿紹爾盛裝，為了可以親吻主教的戒指——無論村人的宗教信仰內容為何，他們的情感與行動是積極的，而且在信仰與對父權的尊崇上，後者絲毫不讓前者——即使出門是為迎接主教，拿紹爾也不放過侵犯廚娘女兒的例行公事。

與主教路過的澎湃慶典相對照的，是前一夜將軍兒子巴亞多．聖羅曼的婚宴兼誇富宴——讀者或許很難直接理解婚禮用錢砸人的影響，其中一個被錢砸到的西烏斯，會在兩年後去世。他很健康，「但是有人替他聽診時，感到他的內心深處冒出淚水。」馬奎斯一貫不批評，冷靜描述。但西烏斯的傷心是個例外，其他人多感到「有為者亦若是」——財富的權勢與主教的榮光，是村民生活的至高指導原則。某些女人對雙胞胎發出的謀殺預示較有警覺，比如賣牛奶的女人，她認為這兩人像小孩，「只有小孩什麼事都做得出來」，但她丈夫反駁，認為雙胞胎除了不會殺人，「更不會殺有錢人」。雙胞胎殺人後不是到警局，因為他們感到清白無罪，他們到了神父的家，神父還會分辨，他們只在天主面前無罪（!!），未必在人類面前得以開脫，但雙胞胎認為到哪都無罪，而法律後來也同意他們：以「名譽」為名。神父的態度提醒了我們，宗教的命令與文化，可能比世俗法規更有勢力——在回顧歧視史時，也應占有一席之地。

在受到媒體片面報導的影響下，當今讀者很可能認為「名譽殺人」與伊斯蘭尤其相關，而這是一個因為失憶而產生的錯誤刻板印象。被殺的拿紹爾是遷徙到此地的阿拉伯人，死在天主教氛圍的「名譽殺人」之手，這一點對世人想像的誤區是個有力的反詰。於是我們來到一個主教無疑會感興趣的領域，那就是「非處女之身」。

非處女，如何能非？

就像在石器時代不會出現「手機」一詞，父權時代不會有「雙重標準的性道德」這種女性主義批判字眼：性對兩性的雙重標準，就是唯一標準。

處女不處女，事情大條。然而如果我們以為馬奎斯是以類似魯迅控訴禮教吃人的手法切入問題，我們就錯了。巴亞多．聖羅曼的未婚妻，雙胞胎的妹妹安荷拉．維卡里歐，她「非處女的方式」，就跟聖母瑪利亞的懷孕一般如奇蹟降臨。這段非常美的文學表述，我不在此贅言，留待讀者自行品味。必須非常謹慎地閱讀安荷拉．

維卡里歐的段落，她並非現代意義下的自我權益主張者，我們甚至可以說，她是雙倍的父權原則擁護者，她不但接受處女新娘的概念，還為它添上誠實不自保原則——對於自身，她只想到死。

讀者必然會感興趣，這個除了感覺，什麼都不顧惜的女人，堅持說出拿紹爾的名字，使他成為謀殺的目標，背後的故事是什麼。應該只有極端沙文主義的讀者，才會認為，只要使得男人送命的女人就是賤女人——不過，安荷拉．維卡里歐確實使自己成為社會意義下的「超級大賤民」：如果女人只是一般性貨物般的賤民，透過新婚之夜認證她的「貨物缺損」狀態，她也使自己成為相當卑微的被放逐者，而她在這種更加清楚的「賤態」中，產生了無與倫比的激情，對象竟就是她之前不願接受的巴亞多．聖羅曼。如何解釋她在被公開羞辱之後，反而產生了追求他的動力？她不只是愛，而是成為一個極端的追求者，儘管愛慾饑渴到非人狀態的女人，可說是馬奎斯的簽名式之一，安荷拉．維卡里歐仍有其離奇的顛覆性。或許我們可以說，她愛的並非男人，而是經此「顏面掃盡」，不再像男人的男人。愛在權力罷黜後。

原來，愛完全不聽財富與貞潔的話啊！

世界錯時我亦錯

為什麼小說不明白指出在拿紹爾與安荷拉．維卡里歐之間的關係中，拿紹爾是個強暴者、情人或是被冤枉的人？

以習性來說，他是三者兼具。對廚娘的女兒來說，他與強暴者無異；對被他迷戀的妓女來說，他最可能是情人；對於只聽到他要辦盛大婚禮的人來說，認定他無辜才符合自身的經驗——但關鍵是，一個父權社會不能在乎這些差異，因為分辨這些差異就必須尋求女人的真實經驗與發言權，遲早會使女人的自由意志與權利言說浮出地表——拿紹爾是個不明不白的存在，因為女人們在父權社會裡，就是不明不白地活著——他與女人牽扯，就是與不明不白牽扯。且問，若不是拿紹爾被殺，有誰會問廚娘的女兒為何害怕拿紹爾？

就算拿紹爾不死，也會有別的人死，同樣也是眾目睽睽、眾所周知，並且不明不白的死。

這就是馬奎斯「世界錯時我亦錯」的小說藝術。

但是不能以為小說與眾人同步——既不落後也不超前，就表示小說家同意這個「錯」。

小說寫作就像，必須有所作為，才能變成非處女的非處女——

我並不擔心我事先張揚了小說的幾個關鍵特色，會損傷讀者的閱讀樂趣——這個引領一個世紀風騷的敘述技巧與倫理立場，並不是把小說寫得光怪陸離而已，它有它百密不一疏的思索，絕對會讓你／妳從第一行，就欲罷不能地讀下去。

如同安荷拉．維卡里歐在賤活賤愛中找到出路，拒絕說出絕對真理的馬奎斯小說，也是低的與賤的——卑之，無甚高論。不再高瞻遠矚的小說或是推理小說，終於做到了更全面與激進的苦民所苦——這固然是小津的榻榻米高度美學，也是不可錯過的、匍匐在地，化做爛泥更護花的，馬奎斯世界。

獵愛是高傲的行為。

——吉爾・比森特

1 _

他們殺他那天，山迪亞哥·拿紹爾一大早五點半起床，準備迎接主教搭乘的船抵港。前一天夜裡，他夢見自己穿越一片無花果樹林，天空下著毛毛細雨，剎時他在夢裡很快樂，可是醒來後他感覺淋了一身鳥屎。「他總是夢見樹木。」他的母親普拉喜妲·里內羅對我說，二十七年後，她細細回想那個令人椎心泣血的禮拜一。「前一個禮拜，他夢見一個人搭著錫紙飛機，穿越扁桃樹林，沒有撞到半棵樹。」她對我說。她擅長解夢，聲名遠播，空腹解夢尤其神準，不過她沒察覺兒子的兩個夢透露凶兆，或是在送命前幾天早晨告訴她的其他有關樹木的夢。

山迪亞哥·拿紹爾也沒發覺預兆。那晚他睡得少，也睡得差，衣服沒脫就爬上床，醒來後頭痛欲裂，嘴裡有一股銅綠苦味，他認為這是狂歡一夜種下的自然惡果，那場婚禮派對一直到午夜過後才結束。況且，他從六點零五分出門到一個小時後像頭豬遭到屠宰，一路上遇到許多人，這些人憶起他睡眼惺忪，可是心情愉悅。也許是巧合，他對每個人說這真是個美麗的一天。沒人能確定，他這句話指的是不是天氣。許多人記得那天早晨確實陽光燦爛，微風從海上吹來，穿過了香蕉園，讓人直覺這會是這段時節的一個風和日麗的二月天。可是，大多數人異口同聲地說那一天天氣陰沉沉，天空灰濛濛，雲層低垂，瀰漫一股雨水即將降下的厚重氣味。在慘劇發生的那一刻，天空已經飄下綿綿細雨，一如山迪亞哥在夢中樹林看見的情景。我也參加了婚禮派對，警報鐘聲響起時，我窩在瑪莉亞·阿蕾韓蒂娜·塞萬提斯眾人躺過的懷裡歇息，睜不開眼，還以為那是歡迎主教的鐘聲。

山迪亞哥穿上一件褲子和一件白色亞麻襯衫，兩件衣服都沒漿過，打扮一如前一天參加婚禮。這是他出席特別場合的服裝。要不是主教光臨，他應該會穿上卡其服和登山靴，照例在禮拜一去天使臉孔，那是他從父親那兒繼承來的牧場，不是什麼大事業，卻經營有方。上山時，他通常腰部插著一把點三七五麥格農子彈手槍，他說這種穿甲子彈能將一匹馬攔腰截斷。狩獵山鶉季節，他也會帶著放鷹打獵的工具。他的櫃子裡還有一把點三〇〇六曼利夏·施奈爾獵槍，一把三〇〇賀南麥格農獵槍，一把有兩面準星的二二黃蜂獵槍，和一把溫徹斯特連發步槍。他學父親，睡覺時會在枕頭套裡藏一把武器，可那天出門前，他取出子彈，把槍收進小夜桌的抽屜。「他從不填裝子彈。」他的母親跟我說。我知道，我也知道他會把武器收在某處，再把彈藥放在隔非常遠的另一處，這樣一來，不但能打消屋內有人想裝子彈的意圖，也一併杜絕意外。這是他父親立下的家規，因為某天早上有個女僕脫下枕套時，甩了甩枕頭，手槍掉落地板射出子彈，失控打中房內的衣櫃，射穿客廳的牆壁，伴隨著戰場上震耳欲聾的隆隆聲，穿過鄰居屋子的飯廳，飛越廣場，把另一頭教堂聖壇上一尊真人大小聖人像，炸成一堆石膏粉末。當時，山迪亞哥．拿紹爾年紀很小，他永遠忘不了那次災難學到的教訓。

他的母親對他的最後印象，是他踩著急促的腳步走進臥室。她聽見他在浴室摸索著想找出藥箱裡的阿斯匹靈而完全清醒，她打開電燈，看見兒子拿著一杯水站在門口，往後她一直記得這一幕。就在這一刻，山迪亞哥．拿紹爾跟她說起他的夢，可是她沒特別注意夢裡的樹木。

「凡有關鳥的夢都象徵健康。」她說。

她凝視兒子，如同此刻躺在同一張吊床上，只是當我回到這座遭到遺忘的村莊，試著重新拼湊多如鏡子摔碎後的殘屑記憶，見到的她已是風中殘燭。即使是大白天，我也認不出眼前的輪廓是她，她的兩邊太陽穴貼著草葉，兒子最後一次進來臥室後，留給她永遠治不好的頭痛。她側臥，抓住吊床的繩索想坐起來，昏暗中一股浸禮池的氣味襲來，像我在命案那天早上詫異聞到的一樣。

我一出現在門口，她立刻把我跟腦海中對山迪亞哥的記憶混淆。「他就在那裡。」她對我說。「穿著只用水洗的白色亞麻套裝，他的皮膚太細嫩，禁不起上漿後的摩擦。」她坐在吊床上許久，嚼著小荳蔻，一直到以為兒子回家的幻想消散。這時她嘆口氣：「他是我這輩子最重要的男人。」

我透過她的記憶看見了他。一月的最後一個禮拜，他滿二十一歲，他瘦削蒼白，睜著一雙阿拉伯人的眼睛，還有一頭遺傳自父親的鬈髮。他是一樁為了利益而結合的婚姻生下的獨生子，這樁婚姻從未有過幸福時光，可是他跟父親在一起似乎是幸福的，三年前父親猝逝，他繼續跟單身的母親過著幸福的日子，一直到他死去的那個禮拜一。他從她那兒繼承直覺能力。從父親那兒則是很小就學會使用武器，對馬匹以及猛禽的熱愛，但是他也學到展現勇氣的高超技巧以及謹慎。他們父子講阿拉伯文，但是絕不在普拉喜妲．里內羅面前這麼做，以免她覺得遭到排擠。從沒有人看過他們在村裡帶武器，頂多那麼一次，當他們帶著訓練過的遊隼到義賣市集去做馴鷹術表演時。父親過世，他不得不中斷中學學業，接手經營家族牧場。山迪亞哥．拿紹爾的優點是樂天、溫和以及心腸軟。

他們殺他那天，他的母親見他一身白色套裝打扮，以為他搞錯日子。「我提醒他那天是禮拜一。」她對我說。可是他解釋他的盛裝打扮，是希望有機會親吻主教的戒指。她聽了不覺得感興趣。

「他不會下船。」她跟他說。「他只會按照承諾主持祝福禮，然後返回他來的地方。他討厭這座小村莊。」

山迪亞哥．拿紹爾知道她說得沒錯，但是他忍不住對教堂盛大的慶典做起白日夢。「那就像電影場面。」有一次他跟我這麼說。相較於主教光臨，他的母親只關心兒子別在雨中淋濕，因為她聽見他在睡夢中打噴嚏。她勸他帶傘，可他只是舉起手揮別，走出房間。那是她最後一次看見他。

廚娘維多莉亞．古茲曼確信那天沒有下雨，甚至整個二月都不曾下雨。「剛好相反，」她說。她在我那次登門拜訪不久之後就去世了。「陽光比起八月還要熱得快。」當山迪亞哥．拿紹爾踏進廚房，她正把午餐要吃的三隻兔子剁成塊，一旁圍繞著虎視眈眈的狗兒。「他起床後總是無精打采。」維多莉亞不帶情感地回憶。一如每個禮拜一，她那含苞待放的女兒狄薇娜．芙洛兒端給山迪亞哥一杯注入甘蔗酒的黑咖啡，好讓他撐過前一夜的疲累。寬闊的廚房裡，柴火劈啪作響，母雞在棲木上睡覺，空氣安靜地流動。山迪亞哥．拿紹爾又嚼了一片阿斯匹靈，坐下來緩緩地啜飲咖啡，慢慢思考，視線緊盯她們兩個女人在爐子上清理兔子內臟。維多莉亞．古茲曼儘管上年紀仍風韻猶存，那女孩還有點野性，似乎被大量湧出的青春激素淹得喘不過氣來。山迪亞哥．拿紹爾趁她來收走空杯時，一把捉住她的手腕。

「該有人來馴服妳了。」他對她說。

維多莉亞．古茲曼對他亮出血跡斑斑的刀子。

「放開她，白佬。」她板著臉命令他。「只要我還有一口氣在，你就休想喝這口水。」

少女時，她曾遭亞伯拉罕・拿紹爾色誘。他在牧場的馬廄跟她偷偷地歡愛好幾年，對她失去激情後，再帶回家裡幫傭。狄薇娜・芙洛兒是她跟最後一任丈夫所生，知道女兒注定成為山迪亞哥・拿紹爾床上的短暫玩物，她已經開始提前焦慮。「不要再有這種男人了。」她對我說，此時她已身形臃腫，人老珠黃，身旁圍繞跟其他情人生的孩子。「您跟您的老子一模一樣。」維多莉亞・古茲曼頂撞他。「是人渣。」可是，當她憶起山迪亞哥・拿紹爾害怕地看著她挖空兔子內臟，然後把冒熱氣的內臟丟給狗兒時，心頭不由得掠過一絲驚恐。

「別那麼野蠻。」山迪亞哥・拿紹爾對她說。「想像一下，如果那是人類的話。」

事隔快二十年，維多莉亞．古茲曼恍然大悟，一個習慣屠宰無辜動物的男人怎麼會突然流露恐懼。「神聖的天主啊！」她驚呼。「所以一切都是預警！」然而，命案發生的那天早上，她累積太多怨怒，她繼續拿其他兔子的內臟餵狗，只為了讓山迪亞哥．拿紹爾早餐食不下嚥。當這一幕上演時，主教搭乘的輪船發出震耳欲聾的汽笛聲，喚醒整座村莊。

這棟屋子是古老的兩層樓倉庫，粗糙的木板牆，斜面鋅板屋頂，停在上面的黑美洲鷲緊盯著碼頭的垃圾。屋子落成當時，河上交通還相當繁忙，許多海上的駁船，甚至一些吃水深的船隻，都能冒險渡過河灘的沼澤，順著河水來到這裡。內戰結束後，亞伯拉罕．拿紹爾隨著最後一批阿拉伯人抵達，這時河流改道，倉庫已經廢棄。亞伯拉罕・拿紹爾不惜代價買下倉庫，準備開一間舶來品商店，後來店沒開成，他在快娶妻時把倉庫改建住宅。他在一樓闢了一間多用途的廳堂，盡頭還蓋了飼養四種牲口的畜欄、傭人房，以及家務用廚房，廚房窗戶面對碼頭，無時無刻不飄進海水的惡臭。廳堂唯一保持原貌的是從某次船難救回的一座螺旋船梯。二樓從前那些海關辦公室，他改成兩間寬敞的臥室，和五間小房間給他打算生的許多孩子住，他還打造了一個木頭陽臺，下方對著廣場的扁桃樹林，三月天下午，普拉喜妲・里內羅總坐在這裡舔舐她的寂寞。他保留正面門牆的大門，多開兩扇裝有雕刻欄杆柱的落地窗。他保留後門，不過改得比馬匹通過的高度略高一點，他也留下昔日碼頭的一部分使用。這是最常使用的一扇門，從這裡能通到牲口槽，門外就是通往新碼頭的街道，省去繞過廣場的麻煩。前門除了節慶時分，都是關閉並拉上門栓的。然而，山迪亞哥．拿紹爾從前門出去，沒走後門，準備殺他的人正等在前門，他卻從那兒出去迎接主教，儘管要繞屋子一整圈才能抵達碼頭。

沒人能理解為什麼會發生這麼多不幸的巧合。從里奧阿查城來的偵查法官必定也察覺卻不敢點破，否則他得在預審時對這一連串巧合提出一個合理解釋。面對廣場的前門曾多次被冠予類似連載小說的名字：奪命之門。事實上，應該只有普拉喜妲．里內羅的解釋最有力，她是以母親對兒子的理解來回答這個問題：「我兒子只要盛裝打扮，絕不從後門出去。」這個真相似乎太過簡單，法官只在一旁註記，沒寫進簡易判決書。

至於維多莉亞．古茲曼，她斬釘截鐵地回答她跟她女兒都不知道他們等著殺山迪亞哥．拿紹爾。但是年歲漸大以後，她承認當他來廚房喝咖啡時，她們倆已經得知消息。那是一個清晨五點來乞討一些善心牛奶的女人通報的，她還告知原因和他們埋伏的地點。「我以為那不過是醉言醉語，所以沒警告他。」她對我說。但後來狄薇娜．芙洛兒在母親過世後的一次訪談中，對我坦承她的母親對山迪亞哥．拿紹爾隻字未提，是因為她恨不得他們殺掉他。而她沒警告他，是因為當年她只是個驚慌的小女孩，她不能自由作主，況且當他一把捉住她的手腕時，她嚇得半死，感覺那像是死人一般冰冷僵硬的手。

山迪亞哥．拿紹爾大步穿過昏暗的屋子，循著歡迎主教船隻抵達的歡呼聲。狄薇娜．芙洛兒走在前頭替他開門，她努力不讓他追上，她走在飯廳的鳥籠之間，鳥兒正睡得香甜，接著她穿過客廳的柳條家具以及垂吊的蕨類盆栽，可是當她拉開門栓那刻，還是逃不過他襲來的狼爪。「他抓住我的下體。」狄薇娜·芙洛兒對我說。「他只要逮到我在屋內的角落落單，就對我幹這種事，但是那天我沒跟平常一樣害怕，只有非常想哭的衝動。」她退步到一邊，讓他出門，然後從半掩的門，瞧見廣場上的扁桃樹林在曙光中像是染上一層白霜，不過她沒有膽量再看下去。「就在那一刻，汽笛聲停止，公雞開始啼叫。」她對我說。「那啼聲像雷鳴，難以想像村莊裡竟然有那麼多公雞，我以為是跟著主教的船一起來的。」對這個永遠不會屬於她的男人，她唯一能做的是違抗普拉喜妲·里內羅的命令沒拉上門栓，萬一他遇到緊急狀況，可以回到屋內。有個人從門底下塞進一封信，至於這個人是誰從沒確認。信封裡有一張紙，警告山迪亞哥·拿紹爾有人要殺他，並告知地點和原因，以及有關這樁陰謀相當精確的細節。山迪亞哥·拿紹爾出門時，這封短信就躺在地上，但是他沒看見，狄薇娜．芙洛兒沒看見，完全沒有人看見，一直到命案發生的許久以後。

清晨六點，街燈依然亮著。扁桃樹的枝椏、幾座陽臺上，都還掛著婚禮的彩色花圈，讓人以為那是剛剛掛上去歡迎主教的。可是從石磚地廣場，到搭蓋樂隊表演舞臺的教堂中庭，遍地空酒瓶和大眾狂歡後丟棄的各種廢棄物，簡直像是垃圾場。當山迪亞哥．拿紹爾出門時，好幾人聽見了汽笛聲，於是急急忙忙地奔往碼頭。

廣場上只有一間店開著，準備殺山迪亞哥．拿紹爾的兩名男子就在這間教堂旁的牛奶店舖等著。第一個看見他出現的是老闆娘克蘿蒂德．阿爾門塔，她感覺那沐浴在晨光的輪廓彷彿包上一層鋁箔。「他看起來像幽魂。」她對我說。要殺他的男子在座位上睡著了，他們緊緊握住膝上用報紙包好的刀子，克蘿蒂德．阿爾門塔得屏住呼吸，以免吵醒他們。

他們是雙胞胎，名叫佩德羅和帕布羅·維卡里歐。他們二十四歲，長得一模一樣，想分辨誰是誰可沒那麼容易。「他們面惡心善。」簡易判決書提到。我從小學就認識他們，換作是我也會這麼寫。那天早上，他們還穿著參加婚禮的深色毛料西裝，這種打扮在加勒比海地區實在太厚重也太正式，他們在狂歡那麼多個小時之後，面容憔悴，不過乖乖地刮掉鬍子。儘管他們從派對的前一夜開始喝酒，到了第三天已經不是酒醉，而是變成無法入眠的夢遊者。他們在克蘿蒂德·阿爾門塔的店裡等待快三個小時，終於在曙光初露時睡去，這是他們自禮拜五後第一次合眼。當第一聲汽笛響起，他們依舊睡眼惺忪，可是山迪亞哥·拿紹爾出門時，他們在本能驅使下完全清醒。這時他們倆抓住報紙卷，帕布羅·維卡里歐緩緩地站起來。

「看在天主的分上，」克蘿蒂德．阿爾門塔低聲說。「把這件事留到以後處理，就當是尊重主教大人吧。」

「那真像神蹟發生。」後來她經常這麼提到。的確是天主保佑，不過持續不久。聽到她苦勸，維卡里歐雙胞胎兄弟思索一下，站起來的那個人又坐了下來。他們盯著穿過廣場的山迪亞哥．拿紹爾。「他們其實是帶著憐憫的目光凝視他。」克蘿蒂德．阿爾門塔說。這時，修女學校的女學生經過廣場，她們身穿孤女的制服，踩著凌亂的快步。

普拉喜妲．里內羅說得沒錯：主教沒下船。碼頭聚集許多人，除了政府高官和各個學校的學童，到處都看得到背簍，裡面裝著肥胖的公雞，那是要獻給主教的禮物，因為他愛吃的一道菜是雞冠湯。裝運碼頭上有一大堆柴火，需要至少兩個小時才能裝上輪船。可是船沒停下來。當船的身影出現在河流彎處，像龍一樣發出哼聲，樂隊開始奏起主教之歌，背簍裡的公雞也跟著啼叫，帶動村莊裡的其他公雞。

在這個時代，知名輪船多已不再燒木柴來推動前進，繼續服役的幾艘，上面沒有自動鋼琴，也沒有蜜月旅行可下榻的船艙，很難逆流前進。不過這艘船是新的，上面不只有一個，而是兩個煙囪，插著一面像臂章的旗子，船尾的螺旋槳增添了船隻磅礴的氣勢。身著白袍的主教跟他的西班牙隨從站在上層甲板的欄杆旁邊，一旁是船長的艙房。「他帶來聖誕時節的氣氛。」我的妹妹瑪格特說。據她描述，輪船在經過碼頭前面時，汽笛響起，伴隨加壓噴出的蒸氣，把比較靠近岸邊的群眾淋得一身濕。那是轉瞬即逝的幻影：主教對著碼頭上的人群在空中畫十字，然後繼續熟悉的動作，沒有惡意或特別的感情，一直到船隻消失無蹤，留下公雞吵鬧的啼叫聲。

山迪亞哥．拿紹爾應該要覺得自己被騙。他響應了卡門．阿馬多神父對大眾的號召，送了好幾批柴火，此外他親自挑選幾隻雞冠肥美誘人的公雞。但是他的不悅很快消失。我的妹妹瑪格特跟他擠在碼頭上，她發現他心情非常好，一副想繼續派對的模樣，儘管他吞下阿斯匹靈後並不覺得舒服一些。「他不像感冒，我想那只是參加婚禮的後果。」她告訴我。克里斯托．貝多亞當時跟他在一起，他提到幾個更令人驚訝的要點。他跟我以及山迪亞哥．拿紹爾一起狂歡到快四點，可是他沒回父母家睡覺，而是留在祖父母家聊天。他在那兒聽到許多關於這場婚禮派對的花費。他說，那場婚禮宰殺四十隻火雞和十一隻豬來宴請賓客，新郎還在廣場上烤四頭小牛讓全村享用。他說，賓客一共喝掉兩百零五箱走私酒，還有將近兩千瓶蘭姆酒分送給群眾。每一個人，不論貧富，都以某種方式參加了那場熱鬧無比的派對，那真是村裡前所未見的景象。山迪亞哥．拿紹爾用做夢的口吻大聲說道：

「我的婚禮也要比照辦理。」他說。「留給大家一輩子聊也聊不完的話題。」

我的妹妹感覺四周彷彿安靜下來。她再一次想著弗洛拉．米蓋爾是何等幸運，她這輩子擁有那麼多東西，這一年的聖誕節要跟山迪亞哥．拿紹爾廝守。「我突然覺得，沒有人跟他一樣有本事提供那麼豐厚的羽翼。」她對我說。「想想看：他英俊正直，二十一歲已經擁有自己的財富。」當家裡吃木薯肉餅時，她總會邀他來我們家吃飯，那天早上我媽媽特地為他們做這道菜。山迪亞哥．拿紹爾很開心地接受邀約。

「我換完衣服再去找妳。」他對我妹妹說，接著他發現他把手錶忘在夜桌上。「幾點了？」

這時是六點二十五分。山迪亞哥．拿紹爾挽著克里斯托．貝多亞的手臂，讓他拖著他走向廣場。

「我十五分鐘內到妳家。」他告訴我妹妹。

她堅持他們馬上就走，因為早餐已經上桌。「她的堅持非比尋常。」克里斯托．貝多亞對我說。「有時回想起來，還以為她早知道他們要殺他，所以想把他藏在你家。」然而，山迪亞哥．拿紹爾說服她先走，因為他得先換上騎士裝，並早一點去天使臉孔牧場閹割小羊。他舉起手向她告別，一如跟母親揮別的手勢，然後挽著克里斯托．貝多亞的手臂走往廣場。那是她最後一次見到他。

當時許多在碼頭的人都知道他們要殺山迪亞哥．拿紹爾。拉薩羅．阿蓬德上校舉起手指跟他打招呼，他是領豐厚退休金的退役陸軍步兵上校，從十一年前開始擔任村長。「我有非常實際的理由，相信他不會有任何危險。」他對我說。卡門．阿馬多神父也不擔心。「我看見他健康平安，以為一切只是謠傳。」他對我說。沒人問山迪亞哥．拿紹爾是不是做好防備，每個人都認為他不可能沒防備。

事實上，我的妹妹瑪格特是少數幾個還不知道他們要殺他的人。「早知道，我就算用綁的，也會把他綁回家。」她向法官說明。奇怪的是她不知道，但更怪的是我的媽媽竟然也不知道，儘管她從好些年前開始不上街也不參加彌撒，消息卻比家中任何人還要靈通。自從早起上學以後，我就對她的這個本領讚歎不已。

那段日子，我總是在拂曉時分灰濛濛的光線中，望見她蒼白安靜的身影拿著樹枝掃把打掃庭院，當我一口口啜飲咖啡時，聆聽她訴說著世界在我們睡覺時間發生哪些事。她似乎跟村裡的人有著秘密交通的管道，尤其是跟同年紀的一輩，有時我們聽著她提前得知的消息而驚訝不已，那可是只有預知能力才可能知道的。然而，那天早上她對那樁從凌晨三點開始醞釀的悲劇渾然不知。我的妹妹要出門去迎接主教時，發現她已經掃完庭院，正在磨碎木薯準備做肉餅。「公雞啼叫。」我的母親每次憶起那天總是這麼說。但是她從沒對遠處因主教抵達所引起的混亂多做聯想，還以為那是婚禮的餘波繼續蕩漾。

我們家位在河畔的一片芒果樹林裡，離大廣場很遠。我的妹妹瑪格特沿著河岸走到碼頭，當時人群為了主教抵達的盛事情緒沸騰，根本無暇顧及其他消息。大家讓病患躺在門廊上，好接受天主的良藥，婦女紛紛從院子跑出來，帶著火雞和乳豬以及各式各樣的食物，從河岸對面還划來了一艘裝飾鮮花的獨木舟。但是當主教沒上岸就離去之後，另一個被排擠的消息就浮上了檯面並鬧成醜聞。我的妹妹直到這一刻才聽說整件事，而且是措手不及：安荷拉·維卡里歐，也就是前一天結婚的美麗女孩被送回娘家，因為新郎發現她不是處女。「那一刻我感覺是我快死了。」我的妹妹說。「不管再怎麼把這個故事裡裡外外翻過，我還是想不透為什麼可憐的山迪亞哥·拿紹爾會捲入這種麻煩。」大家唯一確信的是安荷拉·維卡里歐的兩個哥哥等著要殺他。

我的妹妹回到家，緊咬著嘴唇以免嗚咽出聲。她在飯廳碰到我的母親，母親一邊布置餐桌，一邊哼唱法朵怨曲，為了迎接可能來打招呼的主教，她盛裝打扮，特地穿上藍色花朵洋裝。我的妹妹注意到桌邊比平常多出一張椅子。

「是給山迪亞哥・拿紹爾坐的。」我的母親對她說。「我聽說你們邀他來家裡吃早餐。」

「拿走吧。」我的妹妹說。

這時她把整起事告訴母親。「可是媽媽像是早就知道。」她對我說。「她跟平常一樣，事情聽不到一半就能知道結局。」這個可怕的消息對我母親來說是個棘手的問題。她是山迪亞哥・拿紹爾的教母，他的名字是根據她的名字來命名，不過她跟蒲莉西瑪・維卡里歐也有血緣關係，也就是退貨新娘的母親。然而，她還沒聽完消息，已經穿上高跟鞋和戴上教堂用的面紗，她只在前往弔唁時才這麼穿。我的父親從床上聽到這件事，穿著睡衣就出現在飯廳，憂心忡忡地問她要上哪兒去。

「去警告我的好友普拉喜妲。」她回答。「怎麼可以每個人都知道他們要殺她兒子，只有媽媽被蒙在鼓裡，這太不公平了。」

「我們跟她或跟維卡里歐一家關係一樣密切。」我的父親說。

「要站在死者那方才對。」她說。

我的兩個弟弟走出房間。他們年紀小，嗅到悲劇的氣氛，開始嚎啕大哭。我的母親不理他們，有生以來第一次，她也不理睬丈夫。

「等等，我換一下衣服。」他對她說。

可是她已經出門了。我的弟弟海門當時不過七歲，只有他換好準備上學的衣服。

「你陪媽媽去。」我的父親命令他。

海門追著她的後面出去，抓住她的手，他不知道發生什麼事，也不知道要去哪兒。「她邊走邊喃喃自語。」海門對我說。「藐視法律的傢伙。」她用非常低的聲音啐道。「畜生，一事無成，只會製造不幸。」她根本沒注意自己牽著孩子。「大家可能以為我瘋了吧。」她跟我說。「我唯一記得的是遠處人聲沸騰，像是婚禮派對又重新開始，所有人奔向廣場。」她加快腳步，人命關天，她拿出無比堅定的決心，直到有個往反方向跑去的人同情她的瘋狂舉動。

「露意莎・山迪亞葛，不用麻煩了。」那人在經過她身邊時大喊。「他們已經殺了他。」

2 —

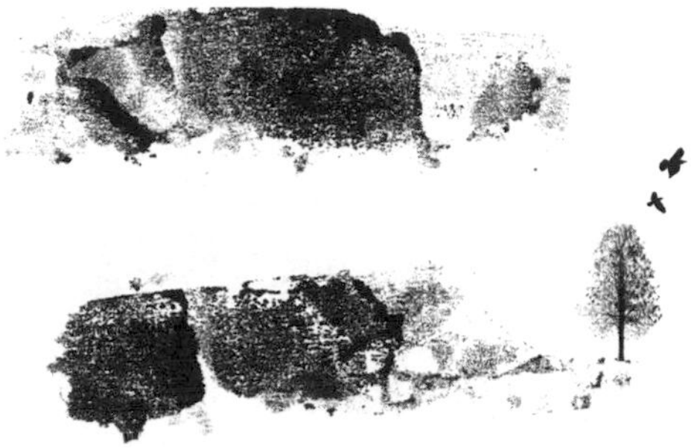

那位將新娘退貨的男人叫巴亞多．聖羅曼，他是在前一年八月第一次來到村莊，也就是婚禮前六個月。他搭乘每週一班的船隻來到，隨身帶著幾個鞍囊，上面鑲嵌的銀飾跟皮帶的搭扣和短靴的鉤環十分搭配。他年約三十，不過完全看不出來，因為他有著跟鬥牛士一樣的窄腰、金黃色的眼睛，和像是受海風慢慢烤曬成的膚色。他來到這裡時，穿著一件短外套和非常貼身的長褲都是天然小牛皮製成，還戴著一雙同顏色的小羊皮手套。瑪格達蓮娜．奧利維跟他搭同一艘船來到，整趟旅程視線一直黏著他不放。「他似乎是個娘娘腔。」她跟我說。「真是暴殄天物，他明明是生來讓人塗上奶油生吞下肚的。」不只她這麼想，也不只她發現巴亞多．聖羅曼絕不是第一印象所以為的那種男人。

八月底，我的母親在寄到學校的家書中隨意加上一句：「來了一個非常奇怪的男人。」她在接下來的信中又說：「那個奇怪的男人叫巴亞多．聖羅曼，每個人都說他很迷人，但是我沒看過他。」從沒有人知道他為什麼來到這裡。有個人在他的大喜之日前夕忍不住問他這個問題，他回答：「我走過一座又一座的村莊尋覓結婚對象。」他說的可能是實話，也可能是隨便答覆，他的說法像是要隱瞞什麼，不願老實回答。

他在電影院說出自己是火車工程師的那一晚，提到興建到內陸的鐵路刻不容緩，並預告我們的河流反覆無常。隔天他得發電報，他跟電報員一起發完後，還傳授他電池用完怎麼再繼續使用的獨門秘訣。搭船那幾個月，他也跟一個軍醫談論邊境的疾病。他喜歡長時間的熱鬧派對，不過他酒量好，善於調解糾紛，痛恨玩弄把戲。某個禮拜天的彌撒過後，他挑戰最厲害的游泳好手，人數還不少，來回渡河一趟，他就遠遠超前眾多高手二十個划手的距離。我的母親在信裡告訴我這個故事，最後下了一個非常自我的評論：「他似乎在黃金堆裡游泳。」這句話呼應了有關巴亞多．聖羅曼的傳聞，他不只樣樣會、樣樣精，還坐擁數不清的財富。最後，我的母親在十月的一封信裡讚美他。「大家非常喜歡他。」她跟我說。「因為他正直善良，上個禮拜他跪下來受聖餐，幫忙用拉丁文進行彌撒。」在那個時代，受聖餐本來就不能站著，而且只能用拉丁文主持儀式，但是我的母親經常藉由這類小事，來強調她想說的重點。然而在一番評論那次彌撒之後，她又寫了兩封信給我，信中隻字未提巴亞多．聖羅曼，甚至沒提到他想娶安荷拉．維卡里歐，這件事可傳得沸沸揚揚。一直到那場不幸的婚禮過後許久，她才吐露當她真正認識他時，竟被他那雙金黃色的眼睛嚇得打顫，當她想改正十月那封信的說法時已經太晚。

「我覺得他像惡魔。」她對我說。「但是你跟我說過這種事不該在信裡談。」

我比她晚一點認識他，當時我回鄉過聖誕節，不覺得他像傳聞那般奇怪。我覺得他有魅力，但是距離瑪格達蓮娜・奧利維描述的一表非凡天差地遠。我覺得在他淘氣行為的背後個性其實嚴肅許多，還有他過度的風趣也掩飾不了蟄伏在內心深處的焦慮。但我特別能夠感覺到的是，他是個非常憂鬱的男人。這時他跟安荷拉・維卡里歐已經訂下正式婚約。

從來沒有人清楚知道他們怎麼認識的。根據巴亞多・聖羅曼當時落腳的單身漢宿舍的老闆娘說，九月末他在客廳的一張搖椅睡午覺，安荷拉・維卡里歐跟她的母親扛著兩籃人造花穿過廣場。巴亞多．聖羅曼半夢半醒，看見兩名做肅穆黑色打扮的女子，在靜止的下午兩點，彷彿只有她們是活人，他忍不住問那位年輕女孩是誰。老闆娘回答女孩是陪在她身邊那個女人的小女兒，名叫安荷拉．維卡里歐。巴亞多．聖羅曼的視線尾隨她們直到廣場的另外一頭。

「她的名字取得真好。」他說。

接著他把頭靠在搖椅的椅背，再次閉上眼睛。

「等我醒來，」他說。「提醒我，我要娶她。」

安荷拉．維卡里歐告訴我，宿舍老闆娘早在巴亞多．聖羅曼追求她之前，就跟她講了這個小故事。「我嚇了一大跳。」她對我說。當時在宿舍的三個人都異口同聲地說故事是真的，可是其他四個卻不這麼認為。所有版本的相同處，反而都是安荷拉．維卡里歐和巴亞多．聖羅曼初識在十月的國家節慶上，她在那一場慈善晚會上擔任摸彩女郎，高唱中獎號碼。巴亞多．聖羅曼抵達晚會後，直接到櫃檯見摸彩女郎，她神情憔悴，一襲喪服更顯無精打采。他問鑲嵌珍珠母貝的留聲機賣多少錢，那是晚會最吸引人的獎品。她回答東西是摸彩獎品，不能賣。

「這樣更好。」他說。「這樣簡單多了，也便宜一點。」

她告訴我巴亞多．聖羅曼令她留下深刻印象，但是這與愛無關。「我討厭男人高傲，而且從沒看過像他這麼傲慢的人。」她回想那天，對我如是說道。「而且我以為他是波蘭人。」當她對著焦躁的群眾唱出留聲機的中獎號碼，結果竟是巴亞多．聖羅曼抱走大獎，她心中的厭惡簡直升到了極點，她沒想到，他為了吸引她的注意，竟然買下所有的彩券。

那一晚，安荷拉．維卡里歐回到家，在屋內發現包成禮物的留聲機，上頭還別上一個薄紗蝴蝶結。「我到現在還是不曉得他是怎麼知道我的生日。」她跟我說。她花費一番口舌說服父母，她可沒刻意製造巴亞多．聖羅曼送她這種禮物的任何機會，更不用說這樣明目張膽，完全引來眾人側目。因此，她的兩個哥哥佩德羅和帕布羅把留聲機帶到宿舍歸還主人，他們大剌剌的動作，讓每個人都看見了東西怎麼拿到宿舍，然後又被拿回家。他們一家唯一沒料到的是：巴亞多．聖羅曼的魅力難擋。雙胞胎兄弟一直到隔天黎明才出現，這時他們喝得酩酊大醉，不但帶著留聲機，還帶著巴亞多．聖羅曼回家繼續狂歡。

安荷拉．維卡里歐家境清寒，她是家中最小的女兒。她的父親彭西奧．維卡里歐是個窮苦的金銀匠，長年從事金飾細工養家活口，視力已經損壞。她的母親蒲莉西瑪．維卡里歐曾在學校當老師，直到嫁做人婦。「她就像修女。」梅西迪絲回憶道。她帶著犧牲奉獻的精神，全心全意照顧丈夫和養育子女，讓人有時忘了她的存在。她的兩個大女兒很晚嫁人。除了雙胞胎兄弟，他們還有個排行中間的女兒死於夜間熱，守喪滿兩年後，他們改為在家從簡，在外依舊從嚴。這個家把兩兄弟當男子漢來養育，把姊妹以嫁人來教養。她們通曉繡框刺繡、裁縫機縫紉跟棒槌蕾絲，也會洗衣、熨燙、製作人造花和美味可口的甜點，以及撰寫婚約宣言。當時的女孩多不懂死亡禮儀，他們家四個女孩卻精通前人知識，懂得照料病患、安慰垂死患者，以及替往生者穿壽衣。我的母親只會責罵她們在睡前梳頭髮。「小姐，」她對她們說。「不要在晚上梳頭，要不然婚姻會遲到。」除此之外，她認為再也沒有比她們更有教養的女孩。「她們很完美。」我經常聽她這麼說。「任何娶到她們的男人都會幸福，因為她們從小學會逆來順受。」然而，娶了兩位大姊的男人卻難以打進她們的圈子裡，因為姊妹倆無論到哪兒都結伴，還舉辦只給女人參加的舞會，因為她們總是認為男人別有所圖。

安荷拉・維卡里歐是四姊妹中最美的一個，我的母親說，她跟史上的偉大王后一樣出生時臍帶繞頸。但是她氣質柔弱、精神萎靡，揭示未來並非順遂。每一年的聖誕節假期，我都會見到她，她似乎越來越消沉，下午她會坐在窗前製作布花，跟鄰居齊唱單身女孩的華爾滋舞曲。「你那個傻表妹，」山迪亞哥・拿紹爾跟我說。「已經熟透可以摘下了。」突然間，就在替過世的姊姊守喪的不久前，我第一次在街上遇見她，她打扮得很有女人味，一頭披肩鬈髮，我幾乎不敢相信是同一個人。但那只是曇花一現的錯覺：她精神委靡的狀況一年比一年嚴重。甚至當巴亞多・聖羅曼想娶她為妻的消息傳開來，許多人還以為是這個外地人看走了眼。

他們家不但認真看待這件事，還抱持無比的喜悅，只有蒲莉西瑪·維卡里歐除外，她對巴亞多·聖羅曼拋出了一個條件，那就是坦承真實身分。到目前為止，沒有人知道他是誰，他的過去只能追溯到他穿著藝術家服裝上岸的那天下午，他對自己的身家背景太過保密，說不定他只是個瘋癲的怪胎。傳聞他是部隊指揮官，曾在卡薩納雷省將村莊夷平和散播恐懼，還說他是從開雲來的逃兵，說有人看過他在伯南布科州靠著一對訓練過的熊賺錢，說他曾在向風海峽撈出一艘載滿黃金的西班牙大帆船的殘骸。巴亞多·聖羅曼用最簡單的辦法來攻破滿天飛的謠言：把全家人帶來。

他有四個家人：父親、母親和兩個叛逆的妹妹。他們開著一輛福特T型車抵達，車子掛著政府車牌，像鴨叫的喇叭聲在早上十一點擾亂大街小巷。他的母親名叫艾兒貝塔．西蒙斯，是個體型高大、來自古拉索的黑白混血兒，她講著一口還夾雜帕皮阿門托語的西班牙語，年輕時是安地列斯群島最出眾的兩百位美女之一。他的兩個妹妹正值花樣年華，像是一刻也安靜不下來的小牝馬。但是重點人物是他的父親培托尼奧．聖羅曼將軍，他是上個世紀內戰時期的英雄，曾在土庫林卡的慘烈戰役逼得奧雷里亞諾．波恩地亞上校逃亡，那可是保守黨最光榮的一項事蹟。只有我的母親在得知他的身分後沒去打招呼。「我覺得他們結婚是好事。」她跟我說。「可是結婚是一回事，跟一個下令從背後射殺赫林內多．馬奎茲的男人握手則是另外一回事。」當他拿著白帽從汽車車窗探出來打招呼那刻，所有人都從他著名的肖像認出他來。他穿著一套小麥色亞麻西裝，一雙綁著交叉鞋帶的哥多華皮靴，鼻梁上戴著一副黃金鏡框眼鏡，用一條鏈子接到背心的扣眼。他的衣領別著一枚英勇勳章，拄著一支刻上國徽的圓頭拐杖。他第一個下車，我們這裡路況糟糕，他的全身沾滿熱燙的灰塵，他一出現，每個人都知道巴亞多・聖羅曼即將迎娶他追求的女孩。

安荷拉・維卡里歐不想嫁他。「我覺得他是個太過粗獷的男人。」她跟我說。此外，巴亞多・聖羅曼根本沒有努力贏取她的芳心，反而是使出他的魅力對她全家下蠱。安荷拉・維卡里歐永遠都無法忘記那個可怕的夜晚，她的父母、姊姊，還有她們的丈夫聚在客廳，逼她嫁給一個幾乎素未謀面的男人。雙胞胎哥哥不插手。「我們認為那是女人的煩惱。」帕布羅・維卡里歐對我說。她的父母堅持主張對方是個謙遜並受人敬重的家庭，我們沒有權利推拒命運安排的獎賞。安荷拉・維卡里歐只敢暗示這段關係的缺點在於缺乏愛情的基礎，結果卻遭到母親一句話粉碎：

「愛情是可以培養的。」

在那個時代，男女交往不但得接受監視，時間也拖得很久，但他們卻不一樣，由於巴亞多．聖羅曼的催促，他們的交往只有四個月。蒲莉西瑪．維卡里歐則要求對方至少等到家族守喪結束，所以交往時間不能再短了。即使如此，巴亞多．聖羅曼還是馬不停蹄，總算從容地打理好一切。「有一晚他問我想住什麼樣的房子。」安荷拉．維卡里歐告訴我。「不知道怎麼回事，我竟回答村裡最漂亮的房子是鰥夫西烏斯的別墅。」換做是我也會這麼說。那棟別墅坐落在迎風的山丘上，從露臺可以遠眺那一望無盡、覆蓋紫紅銀蓮花的沼澤樂園，在晴朗的夏日看得見加勒比海清晰的地平線，以及來自卡塔赫納的觀光遊輪。當晚，巴亞多．聖羅曼去了交際俱樂部一趟，在鰥夫西烏斯的桌邊坐下來打多米諾骨牌。

「鰥夫。」他對他說。「我要買您的房子。」

「那是非賣品。」鰥夫說。

鰥夫西烏斯拿出老一輩的修養，向他解釋屋內充滿妻子在困頓的一生所買下的物品，對他而言，那是妻子的一部分。「他真心誠意解釋。」狄奧尼西歐・伊寬南醫生對我說。當時他跟他們一起打牌。「我非常確定，他打死也不會賣房子，畢竟他在那棟屋子裡度過了三十多年幸福時光。」巴亞多・聖羅曼也能理解他的理由。

「我知道了。」他說。「那麼賣我空房子吧。」

但是鰥夫到比賽結束都不肯點頭。過了三晚，巴亞多・聖羅曼準備得更充足之後，再次回到骨牌桌邊。

「鰥夫。」他說。「房子多少錢？」

「無價。」

「隨便說個數字。」

「抱歉，巴亞多。」鰥夫說。「你們年輕人還不懂得什麼叫作苦衷。」

巴亞多．聖羅曼沒有好好認真思索。

「比方說五千塊披索。」他說。

「正經點。」鰥夫拿出他的尊嚴回答。「那棟房子並不值那麼多錢。」

「一萬塊披索。」巴亞多．聖羅曼對他說。「我現在就有一疊現鈔。」

鰥夫含淚望著他。「他是氣得哭了。」狄奧尼西歐．伊寬南醫生對我說，他不但是個醫生也是個學富五車的男人。「你想想看：有這麼一筆唾手可得的數目，卻因為精神脆弱而不得不拒絕。」鰥夫西烏斯發不出聲音，但他毫不猶豫地搖搖頭。

「那麼，幫我一個忙。」巴亞多·聖羅曼說。「在這裡等我五分鐘。」

五分鐘過後，他回到交際俱樂部，他拿著上面鑲嵌銀飾的鞍囊回來，在桌上擺放十捆千元以上的鈔票，國家銀行的綁帶還沒拆掉。鰥夫西烏斯兩年後過世。「他是因為那樣死的。」狄奧尼西歐·伊寬南醫生說。「他比我們都還要健康，但是有人替他聽診時，感到他的內心深處冒出了淚水。」他不只賣掉屋子跟所有屋內的物品，還要求巴亞多·聖羅曼慢慢付清，因為他連一只能當慰藉的皮箱都沒留下來，所以無法存放那麼多錢。

沒有人料到，也沒有人說得出，安荷拉·維卡里歐不是處女。從沒聽過她有男朋友，而且她跟著兩個姊姊在母親的嚴厲教導下一起長大。即使離大喜之日只剩不到兩個月，蒲莉西瑪·維卡里歐仍不答應她單獨跟巴亞多·聖羅曼去參觀他們未來的住屋，她親自跟瞎眼的丈夫陪著他們一塊去，好看緊她的貞節。「我只乞求天主賜給我自殺的勇氣。」安荷拉·維卡里歐跟我說。「但是祂並沒有應許。」她不知所措，決定跟媽媽吐實，好從痛苦中解脫，可是，跟她在窗邊製作布花的兩個閨中密友勸她打消這份好意。「我盲目聽從她們。」她對我說。「她們讓我相信她們精於誆騙男人。」她們向她保證，幾乎所有女人都在童年意外失去童真。她們拚命說服她，只要沒人知道，即使是最難纏的丈夫都會忍氣吞聲。最後她們說服她說，男人在新婚夜通常十分慌亂，要是沒有女人幫忙什麼也做不了，等到揭露真相的那一刻，手腳早已不聽使喚。「他們只相信在床單上看到的東西。」她們跟她說。因此，她們傳授她產婆怎麼掩飾失去童真的伎倆，好讓新婚的第一天早上，能夠在住家院子裡晾曬上面留下光榮印記的絲質床單。

她是抱著這樣的幻想結婚。至於巴亞多．聖羅曼的幻想，應該是能動用龐大的金錢和勢力買到幸福，因為他越是計畫婚禮派對，腦子越是冒出更多瘋狂的點子。當主教來訪的消息傳來，他打算延後婚禮，讓主教替他們證婚，可是安荷拉．維卡里歐反對。「其實，」她對我說。「那是因為我不想祝福我的人，是一個只想切下雞冠煮湯，把其他部分扔進垃圾堆的人。」然而，即使沒有主教祝福，婚禮派對仍盛況空前，超出巴亞多．聖羅曼的駕馭範圍，變成一場眾人參加的盛事。

這一次，培托尼奧．聖羅曼將軍隨同家人搭乘國會的典禮船艦到來。船隻一直停靠在碼頭直到派對結束，船上也跟來許多顯赫人物，然而他們混在一堆陌生的臉孔當中，沒有引起注意。他們帶來的禮物堆積如山，只好翻新遭人遺忘的首座電廠，來展示最令人讚歎不已的部分，其他的全送到鰥夫西烏斯的老房子去了，那兒即將迎接新人入住。他們送給新郎一輛敞篷跑車，車身的廠牌標誌底下刻著他歌德字體的名字。他們送給新娘一盒可供二十四名賓客使用的純金餐具。他們還帶來舞團表演，而跟來的兩支華爾滋管弦樂隊，跟本地樂隊、許多帕帕耶拉小樂隊，以及手風琴樂團一點也不同調，當地的樂手全為派對的歡樂氣氛興奮不已。

維卡里歐一家住在一棟簡陋的磚頭屋，棕櫚葉屋頂開著兩扇天窗，每逢一月燕子會從那兒飛進去孵蛋。屋前有一個擺滿盆花的花壇，還有一個種著果樹的大院子，放養了一群母雞。院子盡頭，雙胞胎兄弟有一處豬圈，旁邊是屠宰石和剁肉桌，在彭西奧·維卡里歐視力茫茫之後，養豬變成家裡重要的收入來源。開始這門生意的是佩德羅·維卡里歐，後來他去從軍，於是他的雙胞胎哥哥也學會當屠夫。

屋裡的空間只剛好夠住，因此，當兩位大姊得知婚禮派對有多盛大之後，便試著商借一棟屋子。「你能想像嗎？」安荷拉·維卡里歐對我說。「她們考慮過普拉喜妲·里內羅家，但幸好我的爸媽堅持女兒一定要從自家小窩嫁出去，否則就別嫁。」因此，他們將屋子外牆重新漆上一遍原本的黃色，扶正門框和鋪設地板，盡可能將房子門面整理得體面，好迎接一場轟動四方的婚禮。雙胞胎兄弟把豬群遷到他處，撒上生石灰清潔豬圈，即便如此，空間看來還是不夠。最後，他們配合巴亞多．聖羅曼，剷倒院子的圍欄，借來鄰居屋子當作跳舞場地，擺上幾張木匠用的大型工作桌，好讓大家能在羅望子樹的枝椏底下坐下來用餐。

唯一出乎意料的狀況，是新郎在婚禮那天早上出錯，他晚了兩個小時來找安荷拉．維卡里歐，新娘沒見到新郎出現，不肯換上新娘禮服。「你能想像嗎？」她對我說。「我很高興他沒來，我永遠不用穿上新娘禮服了。」她的謹慎看來理所當然，因為對一個女人來說，天大的醜聞莫過於穿著新娘禮服被拋棄。安荷拉．維卡里歐不是處女，若敢披上婚紗和穿戴首飾，一定被當成褻瀆純潔的壞榜樣。只有我的母親欣賞她的勇敢，她到最後都一直打著她清楚的牌。「在那個時代，」她向我解釋。「天主會理解這種事。」反而沒有人知道巴亞多．聖羅曼拿的是什麼牌。從他終於穿著禮服和禮帽出現，到他帶著朝思暮念的新娘從派對開溜，清楚留給人的是幸福新郎的印象。

也沒有人知道山迪亞哥．拿紹爾拿什麼牌。我從頭到尾一直跟在他身邊，從教堂裡到派對上，同行的還有克里斯托．貝多亞和我的弟弟路易斯．安立奎，我們沒人看出他的舉動有什麼異常。我一直重複解釋這件事，因為我們四個從小到大讀同樣學校，後來更是一起度假，沒有人會相信我們之間藏著秘密，更不用說是這樣天大的秘密。

山迪亞哥．拿紹爾熱愛派對，他在死於非命的前夕玩得最開心的那場派對上，估算了婚禮的花費。他在教堂裡估計擺設的鮮花價值足以辦上十四場豪華的葬禮。往後許多年，我一直忘不了他的精闢分析，因為山迪亞哥．拿紹爾經常跟我說，他覺得花苞的氣味跟死亡關聯緊密，那天他在踏進教堂前，又跟我說了一次這句話。「我不想要我的葬禮出現花。」他對我說，想不到隔天我得張羅別讓他的葬禮有花。從教堂到維卡里歐家路上，他推估裝飾街道的彩色花環的費用，計算樂隊跟鞭炮的價格，甚至是派對上從我們頭上大量落下的生米值多少。在正午令人昏昏欲睡的氛圍中，兩位新人在院子敬完了一圈酒。巴亞多．聖羅曼變成我們的好朋友，照當時所說的叫做酒肉朋友，他在我們這一桌似乎感到相當自在。這時安荷拉．維卡里歐已經換掉婚紗和花冠，身上穿著一件濕透汗水的緞面洋裝，臉上很快地已是結婚婦人的表情。到那時為止，山迪亞哥．拿紹爾算出婚禮將花費大約九千塊披索，並把結果告訴巴亞多．聖羅曼。新娘顯然認為他的舉動莽撞無禮。「我媽媽教我千萬不能在他人面前談論錢財。」她告訴我。相反地，巴亞多．聖羅曼聽了不但非常開心，還有些自誇。

「差不多。」他說。「不過，我們才剛開始花錢而已，最後的花費可能將近兩倍。」

山迪亞哥・拿紹爾說他會把最後一分錢算進去，證實他說得對不對，而他的人生恰好夠他完成這件事。事實上，根據隔天他在碼頭告訴克里斯托・貝多亞的最後數字，也就是他喪命前四十五分鐘，他證實巴亞多・聖羅曼的預估是正確的。

我對那場派對的回憶相當模糊，後來決定藉由其他人的記憶一片片拼湊回來。後來好幾年時間，我們家一直談論當時的情景，我的父親重新拾起年輕時候的小提琴為兩位新人獻奏，我的修女妹妹穿著她的修女服跳了一曲馬連格舞，狄奧尼西歐・伊寬南醫生，也就是我母親的表兄弟，說服他們帶他登上政府的船艦，他不想隔天教宗來的時候留在這裡。隨著調查這起命案的進行，我重拾許多旁人微不足道的經歷談，包括巴亞多．聖羅曼兩個妹妹有趣的裝扮，她們穿著天鵝絨洋裝，後背用黃金夾子固定兩個大蝴蝶翅膀，比起她們父親的羽毛頭冠和掛滿身恍若盔甲的戰爭獎章，還要引人注目。很多人知道，我在狂歡過頭時向梅西迪絲．巴爾柴求婚，那時她才剛小學畢業，而十四年後我們結婚時，她還跟我提起這件往事。我對那個灰暗的禮拜天一直保留的最鮮明回憶，是老培托尼奧．聖羅曼坐在院子中央的一張板凳上。他們安排他坐在那裡，或許以為那是上座，撞到他的賓客卻把他跟另一個人搞混，幫他換位置以免擋路，他頂著白蒼蒼的頭髮東張西望，臉上表情像是剛瞎眼一般變化莫測，回答不是問他的問題，回應不是對他的問候，很開心換個陌生的環境，他穿上漿過的硬挺襯衫，拄著特地買來參加派對的癒創木拐杖。

下午六點，婚禮正式隨著座上賓的道別而結束。船艦點亮燈離去，留下自動鋼琴華爾滋舞曲繚繞的樂音，一時之間，我們像是留在、迷失在一處不真實的萬丈深淵邊，直到我們回過神認出彼此，返回歡樂的叢林中。不久，新人乘坐敞篷跑車來到，費力地在人群中開路。巴亞多．聖羅曼燃放鞭炮，拿起群眾遞給他的酒瓶直灌下燒酒，接著他跟安荷拉．維卡里歐一起下車，加入跳昆比亞舞的圈子當中。最後他要我們連他的份繼續跳到不能跳為止，然後帶著慌張的妻子前去那間，鰥夫西烏斯曾經度過幸福時光的夢想之屋。

這場狂歡派對分散成不同情節一直上演到午夜，只剩下廣場邊克蘿蒂德．阿爾門塔的店鋪還開著。山迪亞哥．拿紹爾、我跟我的弟弟路易斯．安立奎以及克里斯托．貝多亞，我們一起去瑪莉亞．

阿蕾韓蒂娜．塞萬堤斯的溫柔窩。很多男人也來了這裡，包括維卡里歐兄弟，他們在殺死山迪亞哥．拿紹爾的五個小時前，不但跟我們一起喝酒，還跟他一起唱歌。那場派對留下了餘興，遠處各個方向繼續傳來樂聲和爭吵聲，直到越來越小，消失後緊接著響起了主教輪船的汽笛聲。

蒲莉西瑪．維卡里歐告訴我的母親，她在兩個大女兒幫忙稍微整理婚禮過後的一團混亂，在晚上十一點上床睡覺。因為還有些喝醉的人在院子裡唱歌到十點，安荷拉．維卡里歐差人來拿一個放在她臥室衣櫥裡裝著她個人用品的小皮箱，她原本想要信差將一個裝有日常生活衣服的皮箱一起送過去，無奈對方的時間太趕。當敲門聲響起時，她睡得正沉。「那是非常緩慢的三聲。」她告訴我的母親。「但是隱含捎來壞消息的詭異感。」她告訴她，她沒點燈就開門，以免吵醒任何人，她看見巴亞多．聖羅曼站在門外的街燈下，他穿著沒有扣上鈕扣的絲質襯衫，和繫著彈性吊帶的華麗長褲。「他就像一道夢裡泛著的青光。」蒲莉西瑪．維卡里歐跟我的母親說。安荷拉．維卡里歐站在暗處，因此，當巴亞多．聖羅曼抓住她的手臂，把她拉到燈光下，她才看見女兒。她的緞面洋裝已經破碎，還裹著一條到腰部的浴巾。蒲莉西瑪．維卡里歐以為他們的汽車墜崖，已經命喪懸崖底。

「聖潔的聖母瑪利亞。」她驚恐地說。「告訴我，你們還是不是這個世界的活人。」

巴亞多．聖羅曼沒進門，他半聲不吭，輕輕地把妻子推進屋內。接著他在蒲莉西瑪．維卡里歐的臉頰印下一吻，用非常沮喪但溫柔無比的聲音對她說話。

「母親，感謝您所做的一切。」他對她說。「您是個聖人。」

接下來兩個小時，蒲莉西瑪·維卡里歐做了哪些事，只有她自己知道，可是她把秘密帶進墳墓。「我只記得她一手抓住我的頭髮，一手毆打我，她氣瘋了，我還以為她會殺死我。」安荷拉·維卡里歐告訴我。她母親打人沒有發出半點聲響，睡在其他房間的丈夫和兩個大女兒渾然不知，一直到天亮後，當這樁不幸暫時告一段落。

雙胞胎兄弟接到母親的緊急呼喚，在凌晨快三點時回到家。他們發現安荷拉·維卡里歐趴在飯廳的沙發上，臉上留有被毆打的瘀痕，不過她已經停止哭泣。「我那時已不再害怕。」她對我說。「相反地，我感覺終於擺脫死亡的陰影，我只想要一切快點結束，好上床睡覺。」兩兄弟中個性比較果決的佩德羅·維卡里歐把她從腰部抱起來，讓她坐在飯桌邊。

「說吧，小妞。」他對她說，聲音氣得直發抖。「告訴我們是誰。」

她沒有花太多時間就供出了姓名。她在一片混沌的腦海中搜尋，朝著這個世界和其他世界裡那片茫茫的姓名大海擲出飛鏢，把第一眼看到的名字射在牆上，彷彿那是一隻沒有自由意志的蝴蝶，從此寫下他的命運。

「山迪亞哥．拿紹爾。」她說。

3_

律師支持這起兇殺案是合法捍衛名譽，並沒有違背良心，雙胞胎兄弟在判決最後宣稱，他們願意為同樣理由再殺人上千次。他們犯下命案的幾分鐘後就在教堂前投降，並發現能以捍衛的說法來辯護正當性。他們在一群激忿填膺的阿拉伯人追趕下，氣喘吁吁地闖進神父的家，把乾淨的刀放在阿馬多神父的桌上。幹了殺人這樣野蠻的事之後，他們筋疲力竭，衣服和手臂濕透了，臉上也布滿汗水和依然新鮮的血跡，可是在神父回憶中，投降的那一幕是相當高貴的行為。

「我們是有意要殺他的。」佩德羅．維卡里歐說。「可是我們無罪。」

「只在天主面前是無罪吧。」阿馬多神父說。

「在天主和人類面前。」帕布羅．維卡里歐說。「這是攸關名譽的事。」

還有，他們在重建事發經過時，將這起暴力行為描述得比事實更血腥，甚至大言不慚地說把普拉喜妲・里內羅家的大門砍出斑斑刀痕，還得動用公款來修補。兩兄弟沒錢繳納保釋金，得在里奧阿查城的監獄關上三年等待判決，同時在那兒坐牢的囚犯記得他們個性良善，相當合群，但是沒看過他們有絲毫悔意。然而，事實似乎是維卡里歐兄弟一點也不想趁四下無人，或是那麼快就殺掉山迪亞哥・拿紹爾，他們盡可能做了各種努力，希望有人阻止他們殺人，卻沒有成功。

幾年後，我聽他們親口說，他們跟他在瑪莉亞・阿蕾韓蒂娜・塞萬提斯住處待到兩點，所以先從那邊找起。這條資料跟其他許多資料一樣，沒有記在簡易判決書上面。事實上，雙胞胎兄弟說去找他的那個時間，山迪亞哥．拿紹爾已經離開，因為我們去其他地方找樂子了，無論如何，他們並沒有真的去那裡。「否則他們永遠不可能踏出這裡。」瑪莉亞．阿蕾韓蒂娜．塞萬提斯告訴我，我非常了解她這個人，從沒懷疑她的這番話。他們其實是去克蘿蒂德．阿爾門塔家等他，他們知道除了山迪亞哥．拿紹爾外，許多人都會經過那邊。「那裡是唯一的開放空間。」他們對法官說。「他遲早也會經過。」他們在被判無罪後對我說。不過大家都知道，普拉喜妲．里內羅家大門連大白天也一樣從裡面鎖上，山迪亞哥．拿紹爾向來只帶後門鑰匙。當他從後門回到家時，維卡里歐兄弟已經在另一頭等他一個多小時，連法官也想不透，後來他怎麼會出其不意地從廣場的大門出去迎接主教。

從沒有像這種事先預告的謀殺案。維卡里歐兄弟從妹妹口中逼出名字後，就去豬圈的儲藏室，裡面放著屠宰用具，他們挑選兩把最鋒利的刀：一把用來剁肉，十吋長和兩吋半寬，另一把用來清理，七吋長和一吋半寬。他們拿條抹布包好，前往肉品市場磨刀，那兒只有幾間店正要開門營業。第一批客人不多，但是有二十二個人作證他們聽到兩兄弟放話，他們異口同聲認為兩兄弟是故意說給他們聽的。法提諾．桑托斯是兩兄弟的肉販朋友，他說當時他剛打開肉桌，看見他們在三點二十分進來，他不懂他怎麼會在禮拜一出現，而且是一大清早，身上還穿著參加婚禮的深色毛料西裝。他通常會在禮拜五見到他們，時間晚一點，穿的是殺豬的皮革圍裙。「我以為他們醉昏了。」法提諾．桑托斯對我說。「不但搞錯了時間，也搞混了日子。」他提醒他們這天是禮拜一。

「笨蛋，誰不知道啊。」帕布羅．維卡里歐好聲好氣地回答他。「我們只是來磨刀。」

他們跟平常一樣就著轉石磨刀：佩德羅拿著兩把刀，輪流放到石頭上，帕布羅搖著手把轉圈。同時他們跟其他肉販聊著婚禮有多盛大。一些人抱怨身為同行，竟沒吃到他們那份婚禮蛋糕。兩兄弟便保證晚一點會送來給他們嚐嚐。最後，刀子摩擦石頭發出響亮的磨刀聲，帕德羅拿起他那把放在燈光下的刀，刀刃閃閃發光。

「我們要殺死山迪亞哥・拿紹爾。」他說。

他們是大家眼中的老實人，因此沒人理會他們的話。「我們以為他們喝醉了。」好幾個肉販作證，維多莉亞・古茲曼和後來看到他們的許多人也都這樣以為。有一次，我忍不住向肉販詢問，屠夫是否是一種看不出殺人傾向的職業。他們抗議：「屠夫宰殺牲畜時，根本不敢看牠們的眼睛。」其中一人跟我說，他不敢吃親手剮下的牲畜肉。另一人跟我說，他不忍殺認識的牛，若是還飲用牠產的奶，就更不忍心了。我提醒他們維卡里歐兄弟會殺自己養的豬，他們不但跟牠們親近，還一一取名字辨識。「沒錯，」其中一人回答我。「但要知道，他們替豬隻取的不是人名，而是花的名字。」只有法提諾．桑托斯嗅出帕布羅．維卡里歐的狠話是認真的，於是他用開玩笑的語氣問，有那麼多該死的富人，為什麼他們要殺山迪亞哥．拿紹爾。

「山迪亞哥．拿紹爾知道理由。」帕布羅．維卡里歐回答他。

法提諾．桑托斯告訴我，他覺得怪怪的，便把這件事通報給不久後前來幫村長買一磅豬肝當早餐的警察。根據簡易判決書紀錄，這位警察叫雷安德羅．波爾諾伊，他在一年後的守護聖人的節慶上，遭鬥牛以角割斷頸靜脈，死於非命。因此，我沒機會找他談談，但是克蘿蒂德．阿爾門塔跟我確認，當維卡里歐雙胞胎兄弟坐下來等待時，他是第一個上門的客人。

克蘿蒂德．阿爾門塔剛到櫃檯跟丈夫換班，這是他們店舖經營的方式。店裡天亮時販售牛奶，白天賣糧食，從下午六點開始變身酒館。克蘿蒂德．阿爾門塔凌晨三點半開門營業，她的丈夫，也就是好好先生羅赫里奧．德拉弗洛負責經營酒館直到關門。但是那一晚有太多從婚禮跑來的顧客，因此店一直開到凌晨三點多都沒關門，後來他直接去睡，克蘿蒂德．阿爾門塔比平常早起，因為她希望在主教抵達前賣完牛奶。

維卡里歐兄弟在四點十分踏進店舖。這個時間只賣吃的東西，可是克蘿蒂德．阿爾門塔賣他們一瓶甘蔗酒，因為她欣賞他們，也感謝他們送來一份婚禮蛋糕。他們大口灌下一整瓶酒，卻若無其事。「他們根本是麻木了。」克蘿蒂德・阿爾門塔跟我說。「點燃燈油也難以熔化。」然後他們脫掉毛料外套，小心翼翼地掛在椅背，再點一瓶酒。他們的髒襯衫留有乾涸的汗漬，外表因為前一夜冒出來的鬍碴看起來像野人。他們第二瓶喝得慢一些，坐著緊盯著對面人行道那頭的普拉喜妲・里內羅的屋子，窗戶都是緊閉的。陽臺最大的那扇是山迪亞哥・拿紹爾臥房的窗戶。佩德羅・維卡里歐問克蘿蒂德・阿爾門塔，她是否看到那扇窗點亮，她回答沒有，但是她感覺他們的問題不太尋常。

「怎麼了嗎？」她問。

「沒事。」佩德羅・維卡里歐回答。「我們只是在找他，然後要殺了他。」

這個回答太自然，她根本不相信是真的。不過她發覺雙胞胎兄弟帶著兩把用廚房抹布包好的殺豬刀。

「可不可以告訴我，你們為什麼一大早就要殺他？」她問。

「他知道理由。」佩德羅・維卡里歐回答。

克蘿蒂德・阿爾門塔謹慎地檢視他們。她對他們相當熟悉，甚至能分辨他們，尤其是在佩德羅・維卡里歐退伍之後。「他們就像兩個小孩。」她對我說。就是這個想法讓她心頭一驚，因為她一直認為只有小孩才會什麼事都幹得出來。因此，她準備好牛奶容器後就去叫醒丈夫，把店裡發生的事告訴他。羅赫里奧・德拉弗洛先生在半夢半醒間聽著她說話。

「別傻了。」他對她說。「那兩個傢伙不會殺人，更不會殺有錢人。」

當克蘿蒂德・阿爾門塔回到店面，雙胞胎兄弟正在跟雷安德羅．波爾諾伊說話，這位警察來買村長的牛奶。她沒聽見他們說些什麼，但是她從他離開時盯著那兩把刀的神情，猜測他們把企圖告訴他。

拉薩羅．阿蓬德上校在快四點時起床。他才刮完鬍子，就聽見雷安德羅．波爾諾伊告知維卡里歐兄弟的計畫。前一晚，他剛調解完朋友之間的一堆紛爭，不急著再多解決一樁。他從容不迫地穿衣，打了好幾次蝴蝶領結直到滿意為止，然後往脖子掛上聖母會聖牌吊墜，準備去迎接主教。當他正在享用洋蔥圈豬肝燉菜的早餐時，太太非常激動地告訴他，巴亞多．聖羅曼把安荷拉．維卡里歐退回娘家，但他可沒跟她一樣大驚小怪。

「天主啊！」他嘲弄。「主教會怎麼看待這件事呀？」

然而，吃完早餐前，他想起警察剛捎來的消息，立刻把兩件事兜在一起，發現那就像密合的兩塊拼圖。他沿著新碼頭的街道走向廣場，那一帶的房舍為迎接主教光臨全都煥然一新。「我記得非常清楚，那時快五點，天空開始下雨。」拉薩羅・阿蓬德上校跟我說。他在路上遇到三個人的攔阻，每個都偷偷告訴他維卡里歐兄弟正在等山迪亞哥・拿紹爾出現，打算要殺他，但只有一個人說得出地點。

他在克蘿蒂德・阿爾門塔的店鋪找到人。「一看到他們，我便想那只是放話而已。」他依照他的邏輯判斷告訴我。「因為他們沒有我想像中的爛醉如泥。」他甚至沒質問他們圖什麼，只沒收刀子，要他們上床睡覺。他試著用愉快的語調跟他們說話，一如他也是這麼迴避妻子的大驚小怪。

「想想看！」他對他們說。「要是主教瞧見你們這副德性，會說什麼！」

他們離開了。村長竟然就這麼隨便打發他們，克蘿蒂德．阿爾門塔失望不已，她原本期待他會逮捕雙胞胎兄弟，要他們說清楚講明白。拉薩羅．阿蓬德上校把殺豬刀亮給她看，替這件事畫下句點。

「他們已經沒武器可以殺人。」他說。

「不對。」克蘿蒂德．阿爾門塔說。「該做的是，怎麼讓那兩個可憐的小伙子擺脫逼不得已撂下的可怕承諾。」

她有股直覺。她相信維卡里歐兄弟並不想那麼迫切地執行他們的判決，而是希望有人能阻止這件事。但是拉薩羅．阿蓬德上校打從心底感到放心。

「不可以因為懷疑就逮捕人。」他說。「現在該做的是警告山迪亞哥．拿紹爾，這樣做就對了。」

往後克蘿蒂德．阿爾門塔一直將阿蓬德上校矮胖的外貌和某種不幸聯想在一起，我倒記得他是個快樂的男人，只是他透過信件往返學到應用唯靈論的獨特練習法之後，開始變得有些瘋瘋癲癲。那個禮拜一，他的舉動暴露他辦事草率。事實上，他把山迪亞哥．拿紹爾拋到腦後，直到在碼頭看見他才又想起來，那一刻，他慶幸自己作了正確決定。

維卡里歐兄弟把他們的企圖，告訴不下十二個去買牛奶的人，不到六點，這些人已經把消息傳到各處。克蘿蒂德．阿爾門塔認為對面屋子不可能不知道。她覺得山迪亞哥．拿紹爾並不在家，因為她沒看到臥室的燈亮起，她盡一切所能要所有人看到他時對他做出警告。當見習修女來替修女們買牛奶，她甚至要她去通知阿馬多神父。四點過後，當她看見普拉喜妲·里內羅家的廚房燈亮起，她叫每天來乞討一點牛奶的女乞丐捎去最後一個緊急口信給維多莉亞·古茲曼。當主教搭乘的輪船汽笛聲響起，幾乎所有人都已經起床迎接他，只剩下非常少的人不知道維卡里歐兄弟等著殺山迪亞哥·拿紹爾，他們也都知道原因跟完整的細節。

克蘿蒂德·阿爾門塔還沒賣完牛奶，維卡里歐兄弟又上門，他們帶著另外兩把用報紙包起來的刀，其中一把剁肉用，刀刃鈍了也已經生鏽，十二吋長和三吋寬，那是在無法進口德國刀子的內戰期間，佩德羅·維卡里歐拿鋼絲鋸改造的刀。另外一把比較短，刀面比較寬也有彎度。法官在簡易判決書上畫下刀子的形狀，或許是沒辦法用文字形容，他並大膽指出那像是一把縮小版的短彎刀。他們就是拿這兩把刀作案，刀子很粗糙，也非常舊了。

法提諾．桑托斯一頭霧水。「他們又來磨刀。」他跟我說。「然後再一次對著大家咆哮，要將山迪亞哥．拿紹爾開膛剖肚。所以，我以為他們只是糊弄，我沒注意刀子，以為是同樣那兩把。」然而克蘿蒂德．阿爾門塔察覺，他們這一次走進來，決心不像先前那麼堅定一致。

事實上，他們早已有所不同。他們的內心要比外表的差距還要明顯，特別是面對危急狀況時，更顯露出完全不同的性格，我們這些朋友從小學就發現這件事。帕布羅．維卡里歐比弟弟早六分鐘出生，在青春期之前他的個性比較理智和果斷。我認為佩德羅．維卡里歐比較感性，也比較霸道。二十歲那年，他們一同到軍隊報到，帕布羅．維卡里歐被免除兵役，留下來照顧家人。佩德羅．維卡里歐加入維護公共秩序的巡邏隊，服完十一個月的兵役。他經歷軍隊制度的淬鍊，嚐過在畏懼死亡的氣氛助長下更加森嚴的軍中紀律，向來有著喜好發號命令的傾向，和替哥哥作主的習慣，性格發展得更加成熟。他返家時，染上一種嚴重的淋病，他試遍軍中最殘忍的治療法，還有狄奧尼西歐・伊寬南醫生的砒霜注射治療與消毒劑淨化療法，結果都沒辦法根除，這個病一直到他坐牢期間才治癒。我們這些朋友一致認為，帕布羅・維卡里歐變得異常依賴弟弟，是因為佩德羅・維卡里歐返鄉後，行事帶著軍人作風，每逢有人想看他身體左側的槍疤，他就掀起襯衫給他看。他甚至為弟弟把難纏的淋病當作是戰爭勳章來炫耀而著迷。

佩德羅・維卡里歐在供詞坦承，是他決定要殺山迪亞哥・拿紹爾，一開始哥哥只是隨聲附和。可是就在村長沒收他們的武器後，他認為到此為止，帕布羅・維卡里歐卻跳向前主導。他們各自向預審法官自白時，都沒提到這個相左的意見。帕布羅．維卡里歐跟我多次強調，他好不容易才說服弟弟下定決心。或許帕布羅．維卡里歐只是一時恐懼，後來是他獨自進豬圈找出另外兩把刀，他的弟弟在羅望子樹下痛苦地撒尿。「我哥哥永遠都不可能知道那是什麼感覺。」佩德羅．維卡里歐在我們唯一的訪談中說。「尿液就好像玻璃碎片割人。」當帕布羅．維卡里歐拿著兩把刀出來，發現他還抱著樹。「他痛得冒冷汗。」帕布羅．維卡里歐對我說。「他想叫我自己去，因為他的狀況無法殺人。」他在樹下一張充當婚宴午餐餐桌的工作桌坐下來，把褲子脫到膝蓋。「他花了大概半個小時更換生殖器的紗布。」帕布羅．維卡里歐跟我說。事實上，換紗布還花不到十分鐘，可是對帕布羅．維卡里歐來說，那是如此難以理解，如此不可思議，他以為弟弟又耍花招，想拖到天亮。因此，他將一把刀塞在他手上，拖著他去替妹妹討回遭到玷污的名譽。

「沒有退路。」他對弟弟說。「已經遇到了。」

他們沒將刀子包起來，直接從豬圈的門出去，穿過院子，一群吵鬧的狗跟在後面。天快亮了。「那時沒下雨。」帕布羅．維卡里歐回想。「相反地，」佩德羅回想。「風從海面吹來，夜空還有幾顆用手指數得出來的星星。」他們放出的消息如野火燎原，歐兒登西亞．包德打開大門時，恰巧看見他們經過門前，這是她第一次為山迪亞哥．拿紹爾掉眼淚。「我以為他們已經殺了他。」她對我說。「因為我看見街燈下的刀子像是正冒著鮮血。」那條街很偏僻，寥寥幾間敞開大門的屋子，有一間是蒲露登絲亞．柯提斯的家，她是帕布羅．維卡里歐的未婚妻，雙胞胎兄弟路經她家時，總會進去喝每天的第一杯咖啡，尤其是禮拜五的時候。他們推開院子的門，看門狗在矇朧的晨光中認出他們，他們走到廚房，跟蒲露登絲亞的母親打招呼。咖啡還沒煮好。

「我們晚點再喝。」帕布羅．維卡里歐說。「我們有急事，馬上得走了。」

「我能想像，孩子。」她說。「名譽之事不容耽擱。」

最後他們還是耽擱了，這時換佩德羅．維卡里歐認為哥哥故意拖時間。他們啜飲咖啡時，青春洋溢的蒲露登絲亞．柯提斯來到廚房，她拿來一捲舊報紙，想把爐火搧旺一點。「我知道他們要做什麼。」她跟我說。「我贊成，還打算如果他不像個男人說到做到，就不嫁他。」離開廚房前，帕布羅．維卡里歐拿走兩張報紙，他把一張交給弟弟包好刀子。蒲露登絲亞．柯提斯留在廚房，目送他們從院子的門出去，然後在同樣地點苦守三年，從未感到氣餒，直到帕布羅．維卡里歐出獄，成為她廝守一輩子的丈夫。

「小心。」她對他們說。

因此克蘿蒂德．阿爾門塔說得有理，雙胞胎兄弟似乎不像先前那樣堅定，她拿一瓶蘭姆酒給他們，企圖徹底瓦解他們的決心。「那天我發現，」她跟我說。「我們女人在世界上是多麼孤單！」佩德羅．維卡里歐向她借來她先生的刮鬍用具，她拿來鬍鬚刷、香皂、一面掛牆鏡，以及已經換上新刀片的刮鬍刀，但是他拿起剁肉刀直接就刮。克蘿蒂德．阿爾門塔心想，那囂張模樣簡直是大男人主義最淋漓盡致的表現。「他看來就像電影裡的惡棍。」她告訴我。然而，後來他跟我解釋，他在軍中學會使用剃刀之後，的確再也不習慣其他刮鬍方式。他的哥哥借用羅赫里奧．德拉弗洛先生的刮鬍刀，顯得低調許多。最後，他們悶不吭聲地喝著一瓶酒，速度非常緩慢，那像是太早起還呆滯的眼神，凝視對面屋子昏暗的窗戶，幾個客人陸續上門，不是假裝來買不需要的牛奶，就是問起根本沒賣的食物，目的是想看看他們是不是真的等著殺山迪亞哥・拿紹爾。

維卡里歐兄弟一直沒看到那扇窗的燈亮起。山迪亞哥・拿紹爾在四點二十分回到家，但是他不用開燈就能回到臥室，因為樓梯的燈整晚都亮著。他摸黑上床，他只剩一個小時的睡覺時間，所以沒脫掉衣服，維多莉亞・古茲曼上樓來叫醒他去迎接主教時，就是看見他這個模樣。我們聚在瑪莉亞・阿蕾韓蒂娜・塞萬堤斯的住處到三點多，她親自打發樂師離開，關掉庭院的燈，好讓旗下的黑白混血女孩各自上床休息。那些女孩從三天前開始每晚工作，一刻也沒休息，先是秘密接待榮譽貴賓，再敞開大門，迎接我們這些在婚禮狂歡派對還玩得意猶未盡的客人。當我們提起瑪莉亞・阿蕾韓蒂娜・塞萬堤斯，總是說一定要跟她睡過一次才能死而無憾，我們從沒見過像她這般優雅溫柔的女人，她在床上百依百順，但也相當嚴厲。她在本地出生長大，定居在這裡，她家的大門永遠開著，裡面有幾個出租房間，一個充作舞會場地的大院子，掛著從巴拉馬利波的華人市集買來的葫蘆燈。她橫掃了我那一代男孩的童真。她教我們見識了遠超出我們應該學習的範圍，但她尤其教我們知道人生最淒涼的角落莫過於空蕩蕩的床鋪。山迪亞哥・拿紹爾第一次見到她之後就著了魔。我警告他：遊隼敢招惹蒼鷺，小心危險臨頭。可是他不聽我的話，瑪莉亞・阿蕾韓蒂娜・塞萬堤斯發出的銷魂之音，迷得他神魂顛倒。她勾起他失控的熱情，是他在十五歲痛苦徬徨時的導師，直到亞伯拉罕．拿紹爾拿皮鞭將他趕下床，把他囚禁在天使臉孔一年多。從那之後，他們依舊藕斷絲連，只是他們的情愛從過去的狂亂轉為比較謹慎，她相當尊重他，只要他在場，她絕不跟人上床。在最後幾次的假期，她甚至拿疲累這樣不可思議的藉口，早早打發我們，可是她卻不鎖門，開著走廊的燈，好讓我再偷偷溜回去。

山迪亞哥．拿紹爾有一套近乎神奇的變裝本領，他最大的樂趣是對調黑白混血女孩的身分。他會從幾個女孩的衣櫥拿出衣服去裝扮其他女孩，害她們最後對自己的身分錯亂，以為自己是其他人。有一次，她們其中一個從另一個人身上看到自己的分身當場崩潰痛哭。「我感覺我是鏡中的倒影。」她說。可是那一晚，瑪莉亞．阿蕾韓蒂娜．塞萬提斯禁止山迪亞哥．拿紹爾再一次滿足變裝慾，她的藉口太敷衍，後來這個回憶留給她難受的滋味，改變了她的人生。因此我們帶著樂師去另一場小夜曲表演，繼續玩樂，這時維卡里歐兄弟正等著要殺山迪亞哥・拿紹爾。快四點時，他提議爬上鰥夫西烏斯別墅坐落的山丘，向新婚夫妻獻唱。

我們不只對著窗戶唱歌，還在花園裡放煙火和鞭炮。我們壓根兒沒料到屋裡沒人，因為新車停在門口，敞篷是拉上的，大家在派對上替他們掛上的緞帶以及石蠟橙花都還在上面。我弟弟路易斯・安立奎當時彈奏吉他的技巧可媲美職業樂師，他現編一首怨偶曲獻給新婚夫妻。這時還沒下雨，明月高掛在夜空中央，空氣乾爽，從崖上往下眺望，看得到底部的墓園出現一道閃爍的磷火。另一邊，是在月光下暈染藍色的播完種的香蕉園、悲涼的沼澤地，和加勒比海沿著地平線綿延而去的光芒。山迪亞哥・拿紹爾指著海面一簇閃爍的光，告訴我們那是一艘在煉獄洗滌罪惡的鬼船，船隻載運從塞內加爾來的黑奴，在卡塔赫納的大出海口沉沒。當時他不知道安荷拉．維卡里歐短暫的婚姻生活已經在兩個小時前結束，所以難以想像他有任何良心不安。巴亞多．聖羅曼不希望引擎聲過早揭露他的不幸，便帶著她徒步走回她的娘家，然後再一次孤零零地關在鰥夫西烏斯幸福的別墅裡，沒有開燈。

當我們走下山丘，我弟弟邀我們一起去市場的小餐館吃炸魚當早餐，可是山迪亞哥．拿紹爾婉拒，因為他想在教宗抵達之前睡一個小時。他跟克里斯托．貝多亞沿著河岸離開，舊碼頭沿岸一排窮人居住的陋屋開始點亮燈光，繞過轉角之前，他舉起手對我們打了再見的手勢。那是我們最後一次看見他。

克里斯托．貝多亞跟他在他家後門道別，約好晚一點在碼頭碰面，狗兒一如以往察覺他回家而開始吠叫，他在昏暗中搖著鑰匙發出響聲，要牠們安靜下來。他往屋內走去，經過廚房時，維多莉亞．古茲曼正盯著爐子上的咖啡壺。

「白佬。」她喊他。「咖啡馬上好。」

山迪亞哥．拿紹爾跟她說要晚點喝，並要她轉告狄薇娜．芙洛兒五點半時叫他起床，並送來另一套跟他身上穿的一樣的乾淨衣服。他上樓去睡，不久後維多莉亞．古茲曼收到克蘿蒂德．阿爾門塔派乞討牛奶的女乞丐捎來的口信。到了五點半，她按照吩咐叫他起床，她沒派狄薇娜．芙洛兒，而是親自拿了一套亞麻套裝去叫醒他，因為她不會放過任何預防女兒淪落貴族狼爪的機會。

瑪莉亞．阿蕾韓蒂娜．塞萬堤斯家的門沒有拉上門栓。跟弟弟道別之後，我穿過長廊，黑白混血女孩的貓擠在一起，睡在旁邊的鬱金香叢中，最後我沒叫門，直接推開走進臥室。燈沒開，可是我一進去，馬上嗅到一股女人的幽香，我在漆黑中看見一雙失眠的母豹的雙眼，接著什麼也不記得，一直到警報鐘聲敲響。

回家路上，我的弟弟順路到克蘿蒂德．阿爾門塔的店鋪買菸。他喝得爛醉如泥，記不太清楚跟他們在店裡的見面，但是忘不了佩德羅．維卡里歐邀他喝了一口摧毀他最後一丁點意識的酒。「那真是致命的一擊。」他告訴我。而剛睡著的帕布羅．維卡里歐在他踏進店裡那刻驚醒過來，對他亮出他的那把刀。

「我們要殺山迪亞哥．拿紹爾。」他對他說。

我的弟弟不記得這句話。「如果記得，一定也不敢相信。」他對我說過許多遍。「有哪個混帳想得到雙胞胎兄弟會殺人，更何況是拿殺豬刀！」接著他們問他山迪亞哥．拿紹爾在哪裡，因為有人看到他們兩點的時候在一起，我弟弟不記得他回答什麼。但是克蘿蒂德·阿爾門塔和雙胞胎兄弟聽到他的回答全嚇一大跳，因此還記錄在個別偵訊的簡易判決書上。根據他們的說法，我弟弟當時說：「山迪亞哥·拿紹爾已經死了。」接著，他學主教那樣施予祝福，還在門口撞到欄杆，然後跌跌撞撞地離開。他在廣場中央跟阿馬多神父擦身而過，神父穿著祭服正要去碼頭，身後跟著一群搖著鈴鐺的侍祭，以及好幾個搬運聖壇的助手，那是給主教主持露天彌撒用的。維卡里歐兄弟看到他們經過，在胸前比劃十字架。

克蘿蒂德·阿爾門塔告訴我，當兩兄弟看到神父從她家門前走遠之後，不再抱一絲希望。「我以為他沒收到我的口信。」她說。然而許多年後，當阿馬多神父在卡拉費利的養護之家隱居後，他老實告訴我，正當他準備去碼頭時，確實收到了克蘿蒂德·阿爾門塔捎來的信息，以及其他更緊急的消息。「老實說，我不知道該怎麼做。」他對我說。「起先，我認為那不干我事，而是執法人員的工作，後來我決定順路通知普拉喜妲·里內羅。」然而，當他穿過廣場時，卻把事情都忘光了。「請您諒解，」他對我說。「那個不幸的一天，是主教到臨的日子。」在命案發生當時，他對自己是如此怨嘆和惱怒，腦中唯一想得到的，是下令敲響火災的警報鐘。

我的弟弟路易斯·安立奎從廚房的門回到屋內，我的母親怕父親聽見我們回家，所以門沒上鎖。他上床前，先去廁所，可是就這樣坐在馬桶上睡著了，當我的弟弟海門起床準備上學時，發現他趴在地磚上，在睡夢中唱著歌。我的修女妹妹嚴重宿醉，所以沒去迎接主教，連她也叫不醒路易斯·安立奎。「我去廁所時大概五點。」她跟我說。不久，我的妹妹瑪格特想洗完澡再去碼頭，便費力地把他帶回臥室。他在夢鄉中聽見伴隨主教的船抵達後發出的幾聲汽笛，但卻睜不開眼睛。狂歡派對過後，他的力氣已經被榨得一滴也不剩，接著他沉沉睡去，一直到我的修女妹妹一邊急忙地套上長袍，一邊衝進臥室，然後像個瘋婆子似地尖叫，終於喊醒了他：

「他們殺死了山迪亞哥．拿紹爾！」

4_

那兩把刀只是掀開災難的序曲，接下來屍體又經歷了慘不忍睹的解剖，由於狄奧尼西歐・伊寬南醫生不在，卡門・阿馬多神父只好硬著頭皮上場。「那就好像我們再殺一次已經斷氣的他。」在卡拉費利養老的老神父對我說。「可是那是村長的命令，只要是那個野蠻人的命令，不管多愚蠢都得完成。」他的命令並不一定正確。在那個荒謬的禮拜一引起的混亂中，拉薩羅・阿蓬德上校發給省長一封緊急電報，後者授權他在預審法官抵達前處理審前程序。村長從前是個軍隊將領，沒處理過訴訟事項，況且他拉不下臉向懂得怎麼做的人詢問如何著手。首先他擔心的是解剖屍體。克里斯托・貝多亞是醫學系學生，不過他跟山迪亞哥・拿紹爾是莫逆之交，因此得到豁免。村長原本打算冷藏屍體，直到狄奧尼西歐・伊寬南醫生回來，無奈找不到符合人體尺寸的冷藏櫃，市場唯一合適的已經壞掉了。於是在訂做的富人棺木完成前，屍體躺在一張狹窄的單人鐵床上，擺在廳堂中央暴露在眾人眼前。他們從臥室拿出電風扇，其中幾臺是鄰居家的，但是有太多好奇的民眾想看他，即使移開家具，拿下鳥籠和蕨類植物花盆，熱氣還是令人難以忍受。此外，狗兒聞到死亡的氣味開始騷動不安，也增添了緊張的氣氛。我一踏進這棟屋子就聽見牠們不停嗥叫，那時山迪亞哥．拿紹爾還在廚房裡奄奄一息，我看見狄薇娜．芙洛兒又哭又叫，拿著一根棍子嚇阻牠們別靠近。

「幫幫我。」她對我大聲吆喝。「牠們想吃內臟。」

我們把狗鎖在牲口槽。不久，普拉喜妲．里內羅下令把狗關到遠一點的地方，直到葬禮結束。但是到了正午，狗兒發瘋似地闖進屋內，沒有人知道牠們到底是怎麼逃出來的。普拉喜妲．里內羅終於情緒失控。

「該死的狗！」她怒叱。「殺掉牠們！」

立刻有人完成她的命令，屋內恢復寧靜。到這一刻為止，屍體的狀況並不令人擔心，他的面容完好如初，一如唱歌時的表情，此外克里斯托．貝多亞把內臟放回原位，拿來一條亞麻布帶綁好。然而，到了下午傷口開始流出蜜色液體，引來蒼蠅，鬍髭部位出現一塊紫色瘀斑，像一朵雲映照在水面上的陰影，非常緩慢地往髮根方向擴散。他那張一向友善的臉孔變得猙獰起來。他的母親拿手帕蓋住他的臉。這一刻，阿蓬德上校明白不能再拖下去，他下令阿馬多神父解剖屍體。「一個禮拜後再挖出來驗屍恐怕更糟。」他說。神父曾在薩拉曼卡讀過藥學和外科學，可是他還沒畢業就進入神學院，村長也知道由他來驗屍不具法律效力，然而，他仍然要神父服從命令。

屍體的解剖是在公立學校進行，由藥劑師做筆記，一個來這裡度假的醫學院一年級學生從旁幫忙，當時的畫面只能以大屠殺來比擬。他們只有幾樣小手術的器具，其他都是工匠的鐵製工具。不過，除了對屍體造成嚴重損害之外，阿馬多神父的報告似乎正確無誤，預審法官將此視作有用的證據，放進了簡易判決書。

他身上的傷口多得數不清，其中七道是致命刀傷。他的肝臟前半面差點被兩道深深的穿刺傷切斷；他的胃部有四道切口，其中一道特別深，切穿破底，毀壞胰腺；他的橫形結腸有六個比較小的刺傷，小腸的傷口非常多。他背部只有一道傷，在第三節腰椎位置，這道傷刺穿右邊腎臟；他的腹腔被大的血塊淹沒，而黏稠的胃液中，出現一枚山迪亞哥・拿紹爾在四歲那年吞下的加爾默羅聖母的黃金圓形浮雕章。他的胸腔有兩道刺傷：一道在右側第二肋間隙位置，傷及肺部，另一道非常靠近左邊腋下。此外，手臂和手有六道比較小的傷口，還有兩道橫砍的傷口：一道在右大腿，另一道在腹肌；他的右手掌有一道很深的刺傷。驗屍報告形容：「像是耶穌的聖傷。」他的大腦比一個普通的英國人還要重上六十公克，阿馬多神父在報告上寫明，山迪亞哥．拿紹爾的智力高人一等，前途無量。然而，他在報告最後指出他的肝臟肥大，是肝炎沒妥善治療的後遺症。「換句話說，」他告訴我。「無論如何，他也剩沒幾年可活。」狄奧尼西歐．伊寬南醫生想起這份驗屍報告就氣得跳腳，事實上，山迪亞哥．拿紹爾是在十二歲那年接受他的治療。「他就是蠢，不得不當神父。」他跟我說。「他就是無法理解，我們熱帶居民比西班牙人的肝臟還大。」報告最後總結，死因是七道大傷口中的任何一道引起的大量出血。

最後他們歸還一具面目全非的屍體。腦殼經過環鋸術的折騰，半邊已經毀壞，他死後依舊俊俏的臉孔變得無法辨識。此外，神父把破碎的內臟全掏出來後不知道該怎麼處理，只能惱怒地賜予祝福之後，丟進垃圾桶裡。最後，幾名在教室窗外探頭探腦的民眾失去興趣，助手也昏厥過去，而曾經目睹和引起無數大屠殺的拉薩羅·阿蓬德上校，最後不但開始吃素，還成了一個唯靈論者。這具被掏空的軀殼填塞了破布和生石灰，使用粗糙的麻線像縫布袋一樣縫合，當我們把屍體放進鋪設絲緞的新棺木後差一點解體。「我還以為這樣能保存久一點。」阿馬多神父告訴我。結果相反，我們不得不在黎明時刻匆匆下葬，因為屍體的狀況太差，已經沒人能忍受繼續擺在屋子裡所產生的臭氣。

曙光微露，混亂的禮拜二降臨。結束沉重的一天之後，我怕得不敢一個人睡，於是我推開瑪莉亞．阿蕾韓蒂娜．塞萬堤斯家沒上鎖的大門。樹上的葫蘆燈還亮著，舞池有幾個柴火爐灶，上面的巨大鍋子冒著熱氣，黑白混血女孩正在把參加派對的衣裳染成喪服。我找到了瑪莉亞．阿蕾韓蒂娜．塞萬堤斯，她一如以往在黎明時刻還醒著，也一如家裡沒有陌生人時那樣一絲不掛。她盤坐在她那張大床上，面前擺著一大盤豐盛的食物：牛小排、水煮雞、豬排，以及當配菜的大蕉和蔬菜，分量足以餵飽五個人。縱情吃喝是她表達哭泣的方式，而我從沒看過她的痛苦這麼深沉。我躺在她身邊，衣著整齊，幾乎沒有交談，我也用自己的方式哭泣。我想著山迪亞哥．拿紹爾慘遭橫禍的命運，他過了二十年幸福的時光，代價不只是死亡，屍首還遭受肢解、損毀，最後體無完膚。我夢見有個女人抱著一個小女孩進入房間，小女孩不停地大聲咀嚼，還沒完全咬碎的玉米粒掉進上衣裡頭。女人對我說：「這孩子沒吃相，有些散漫，有些粗魯。」突然間，我感覺有一雙手迫切地想解開我襯衫的釦子，我聞到背後一頭愛情野獸散發的危險的氣味，並沉溺在流沙般的溫柔輕撫中。但是她猛然停了下來，咳嗽聲從非常遠的地方傳來，然後她便離開了我的人生。

「我辦不到。」她說。「你聞起來有他的氣味。」

不只是我，那一天，所有東西都染上山迪亞哥．拿紹爾的氣味。維卡里歐兄弟感覺到了，村長將他們關進牢房，正在考慮接下來該怎麼處置。「不論用肥皂和菜瓜囊再怎麼搓洗，還是洗不掉那股氣味。」佩德羅．維卡里歐對我說。他們三天沒睡，可是也沒辦法休息，因為一閉上眼那場命案又會重演一遍。現在幾乎是個老頭子的他，試著跟我解釋彷彿永無止盡的那天的狀況。帕布羅・維卡里歐毫不費力地形容：「清醒程度是平常的兩倍。」這句話讓我思索，對他們來說，或許關在牢裡最教人難受的事情，就是頭腦清醒。

那是一間長寬各三公尺的房間，天窗很高，加裝了鐵條，有個活動便盆，一套水罐和臉盆，兩張鋪上蓆子的石床。這是阿蓬德上校下令建造，他說再也沒有比這裡更人道的旅舍。我的弟弟路易斯・安立奎同意他的說法，因為有一晚他跟幾個樂師打架後遭逮捕，村長大發慈悲，特許一位黑白女孩來陪他。早上八點，維卡里歐兄弟在擺脫阿拉伯人之後或許也這麼覺得。那一刻，他們替家人掙回名譽而感到安慰，唯一不安的是那股氣味繚繞不去。他們要來大量的水、土肥皂和絲瓜囊，洗淨手臂和臉上的血跡，把襯衫也一起洗了，但心情還是無法平靜下來。佩德羅．維卡里歐還要了通便劑和利尿劑，以及一捲無菌紗布來更換繃帶，早上終於尿了兩次。但隨著這一天的慢慢推移，他覺得越來越難熬，氣味已不再是主要焦點。到了下午兩點，他們熱得頭昏眼花，佩德羅．維卡里歐身心俱疲，無法好好躺在床上，也沒辦法站著。一股疼痛從他的鼠蹊部竄到脖子，他又尿不出來，他相信這輩子無法再睡覺，驚慌不已。「我整整十一個月沒合眼。」他對我說，根據我對他的了解，我知道他是說真話。他吃不下午飯。至於帕布羅．維卡里歐把送來的每樣菜多少都吃了一點，結果十五分鐘後，他開始腹瀉，臭氣沖天。到了下午六點，當他們正在替山迪亞哥．拿紹爾驗屍時，村長接到緊急通知，因為佩德羅．維卡里歐相信哥哥遭人下毒。「我不停拉肚子。」帕布羅．維卡里歐對我說。「我們不得不相信這是阿拉伯人的詭計。」到這時為止，活動便盆已經滿出兩次，看守人還帶他去村長辦公室的廁所六次。阿蓬德上校就是在沒有門板的廁所撞見他嚴重水瀉，認為遭下毒的說法並不荒謬。但是他們立刻排除了這個可能，因為他只喝水和吃蒲莉西瑪．維卡里歐送給他們的午餐。然而，村長覺得不可思議，便把兩名囚犯帶回家，派人特別看守，等預審法官來了，再移監到里奧阿查城的環形監獄。

雙胞胎兄弟的恐懼反應了街上群眾的心情。大家一致認為阿拉伯人可能伺機報復，但是除了維卡里歐兄弟之外，沒人相信會有人下毒。或者說，大家猜想他們在等待黑夜降臨，準備往牢房的天窗潑灑汽油，再放火燒掉裡面的囚犯。不過這也想得太簡單。阿拉伯人是一個喜好和平的移民團體，從世紀初便落腳在加勒比海沿岸的小村莊，連最偏僻和貧困的村落也看得到他們的足跡，他們落地生根靠販售彩色碎布和節慶的廉價雜貨謀生，他們團結、勤奮和虔誠。他們互相通婚，進口小麥，在院子裡養羊，和種植奧勒岡葉和茄子，他們唯一的嗜好是打紙牌。老一輩人仍操著一口鄉下口音的阿拉伯語，而且完整如初地傳給第二代，但是到了第三代，除了山迪亞哥・拿紹爾是個特例之外，他們都能聽父母講阿拉伯語，但卻以西班牙語回答。因此，看不出他們的和平精神會在一夕之間驟變，然後去報復一樁可能所有人都得背負過失的命案。相較於此，反而沒有人想到普拉喜妲・里內羅的家族可能報仇，他們在家道衰落前全是有權有勢的人物，戰功彪炳，但卻家門不幸，在名聲的庇蔭下，家族出了不只兩個為非作歹之徒。

阿蓬德上校為謠言感到擔心，他逐戶拜訪阿拉伯家庭，至少他這一次的決定是正確的。他看到他們的神情茫然哀淒，聖壇上設置了服喪的標誌，有些人坐在地上聲嘶力竭地哭著，但是看不出有人企圖報復。早上他們聽聞命案後激憤填膺，但是連兇手也認為不會遭他們毆打。不僅如此，他們百歲的女族長蘇西梅・阿達拉還推薦一帖藍花西番蓮和苦蒿草藥茶，神奇的藥效不但止住了帕布羅・維卡里歐的腹瀉，也解決了他雙胞胎哥哥尿道阻塞的問題。這時失眠的佩德羅・維卡里歐頭腦變得昏昏沉沉，而復原的哥哥終於拋下悔恨，墜入了夢鄉。禮拜二凌晨三點，當村長帶蒲莉西瑪・維卡里歐去向兒子道別時，就是見到他們這副模樣。

他們在阿蓬德上校的安排下，連同兩個大女兒和她們的夫婿，一家子都搬離了本地。他們離開的時候，所有的民眾都因疲憊不堪而沒人發現，在那個無法挽回的一天，我們唯一醒著的幾個人正在忙著安葬山迪亞哥・拿紹爾。他們聽從村長的決定，離開時情緒已經沉澱，但是再也不曾回來。蒲莉西瑪．維卡里歐拿一條布替被退回娘家的女兒戴上遮臉，以免有人看到她臉上遭毆打的瘀痕，她替她穿上一身鮮豔的紅色，以免外人想像她是在替秘密情人守喪。臨行之前，她要求阿馬多神父到獄中聽兩個兒子告解，可是佩德羅．維卡里歐拒絕，他也說服哥哥沒有必要懺悔。於是兩兄弟孤單地留下來，移監到里奧阿查城那天，他們已經完全恢復，並相信自己有理，不接受跟家人一樣趁著黑夜離去，他們要在光天化日之下昂首離開。不久他們的父親彭西奧．維卡里歐撒手人寰。「他是受不了羞恥的壓力而死的。」安荷拉．維卡里歐對我說。後來雙胞胎兄弟決定落腳里奧阿查城，離家人定居的馬瑙雷約一天路程。帕布羅．維卡里歐就在那兒娶了蒲露登絲亞．柯提斯，靠著在父親的工作坊習得的製作金器技能，成為了手藝精湛的工匠。佩德羅．維卡里歐沒有對象也沒有工作，於是選擇再次從軍，還爬到了士官長的位置。在一個陽光普照的早晨，他帶著軍隊深入游擊隊的地盤，高唱著淫穢的歌曲，從此不知下落。

對絕大多數人來說受害者只有一個：巴亞多．聖羅曼。在他們眼中，這場悲劇的其他主角都得到了命運安排他們應得的好處，而且是帶著尊嚴，甚至一點榮耀。山迪亞哥．拿紹爾替自己贖罪，維卡里歐兄弟證實他們是男子漢，他們遭到玩弄的妹妹奪回名譽，唯一失去一切的是巴亞多．聖羅曼。「可憐的巴亞多。」往後幾年大家想起他都這麼哀嘆。然而，慘劇發生後都沒人想起他，直到隔了一個禮拜六的月蝕之後，當鰥夫西烏斯告訴村長，他看到一隻發出螢光的鳥在他老家的屋頂盤旋，他覺得那是他妻子的靈魂，她正在索討她的屋子。村長往額頭一拍，不過跟鰥夫看到的畫面無關。

「該死！」他大叫。「我竟然忘了那個可憐傢伙！」

他帶著一支巡邏隊爬上山丘，發現敞篷汽車停在別墅前，臥室裡點著一盞孤單的燈，但是沒有人回應叫門。因此，他們從旁門強行進入屋內，查遍被月蝕殘光照亮的房間。「屋內的東西彷彿泡在水底。」村長告訴我。巴亞多．聖羅曼躺在床上不省人事，還穿著禮拜一凌晨蒲莉西瑪．維卡里歐看到的那件衣服，華麗的褲子和絲質襯衫，但是沒穿鞋子。地板上散落空酒瓶，床邊還有好幾瓶酒沒打開，不過沒看到任何食物。「他嚴重酒精中毒。」狄奧尼西歐．伊寬南醫生跟我說，當時他對巴亞多進行緊急救治。短短幾個小時後他就恢復了精神，他一重拾神智，就盡可能地用最禮貌的方式，把大家趕出去。

「別來煩我。」他說。「連我當過戰士的老子也休想。」

村長拍了一封緊急電報通知培托尼奧・聖羅曼將軍，把這件事包括他說的最後一句話都據實以告。聖羅曼將軍想必是遵照兒子的意願，因為他沒來找他，而是派妻子帶女兒過來，隨行還有另外兩個老婦人，看似將軍的姊妹。她們搭乘一艘貨輪前來，全身上下一身黑色喪服，披頭散髮表達哀淒。上岸之前，她們脫下鞋子，然後赤腳踩著正午熱燙的灰塵，穿越街道直到山丘，她們拔下髮絲，嚎啕大哭，令人斷腸的哭聲卻像是喜極而泣。我記起我從瑪格達蓮娜・奧利維的陽臺望著她們，心想她們只能假裝悲痛欲絕，來掩飾莫大的恥辱。

拉薩羅・阿蓬德上校陪著她們來到山丘上的別墅，接著狄奧尼西歐・伊寬南醫生也騎著他的救護驢子爬上來。等陽光比較沒那麼毒辣之後，兩名市府的男性員工用一根棍子綁上吊床，將巴亞多・

聖羅曼運送下山，他的身上蓋著一條毯子，連頭部也遮住了，後面還跟著一支彷彿孝女的隊伍。瑪格達蓮娜·奧利維還以為他死了。

「老天哪！」她驚呼。「英才早逝呀！」

他是不勝酒力而再次倒下，只是難以相信被抬走的他還活著，因為他的右手臂拖在地上，從山丘頂的泥地到貨輪的甲板上，一路留下拖痕。這是我們對他的最後印象：受害者。

他們丟下別墅完封不動。每當我們回鄉度假時，我會跟著兄弟姊妹在派對的夜晚爬上山丘探索屋子，我們發現荒廢的臥室裡有價值的物品一次比一次少。有一次，我們搶回一個安荷拉·維卡里歐在新婚夜跟母親要的手提小皮箱，但是發現那不是太重要的東西。我們在裡面找到的只是些女人使用的天然衛生與美容用品，許多年後，當我從安荷拉·維卡里歐口中聽說朋友教她的欺騙丈夫的產婆伎倆，才知道那些東西的真正用途為何。那是她在新婚住處的五個小時裡，唯一留下的足跡。

多年後，當我為了這段陳年往事再次前去搜尋證物時，發現就連見證尤蘭達・西烏斯幸福時光的物品也都不見了蹤影。儘管阿蓬德上校從未中止派人前去看守別墅，卻阻擋不了東西慢慢消失，連鑲嵌六面全身鏡的衣櫥也不翼而飛，那個衣櫥因為太大，當初無法從門口搬進去，還是德蒙波斯的工藝師傅在屋內組裝的。起先，鰥夫西烏斯想像是亡妻作祟，帶走她的遺物，拉薩羅・阿蓬德上校因此嘲弄了他一番。但是有一晚，他突發奇想舉行一場招魂彌撒來解謎，結果尤蘭達・西烏斯的幽魂承認，她把屬於她幸福時光的家具拿到死後的住處。別墅開始崩塌。新婚汽車在門口慢慢損壞，最後經歷日曬雨淋只剩一堆破銅爛鐵。接下來的許多年，始終都沒有屋子主人的消息。簡易判決書有一段他的證詞，不過非常簡短和制式，像是為了完成格式，不得不在最後一刻補上去的。我只有那麼一次嘗試跟他說話，那時已經是二十三年後，他帶著些許敵意接待我，他拒絕提供任何能釐清他是否參與那場戲劇性謀殺案的線索。無論如何，他的父母知道的不比我們多，他們壓根兒不清楚兒子跑來這個偏僻的小村莊的目的，難道只為了娶一個素昧平生的女人？

相反地，我一直有聽聞安荷拉．維卡里歐的消息，因此得以塑造她的形象。有一段時間，我的修女妹妹經常待在上瓜希拉半島，努力勸導最後幾個崇拜偶像的人成為信徒，她總會逗留在那座遭受加勒比海空氣的鹽分焚身的小村莊跟她閒聊，她的母親企圖把她終身關在那裡直到老死。「你的表妹向你問好。」她對我說。我的妹妹瑪格特在最初幾年也會去看她，我從她口中知道，他們買下一棟磚頭屋，有一個非常寬闊的院子，海風從側面吹拂，唯一的問題是，滿潮夜晚馬桶的水會滿出來，天亮後臥室的地上出現活蹦亂跳的魚。所有在那段時間看過她的人都異口同聲地說，她全心全意投入縫紉機刺繡，手藝巧，藉著繡花活來遺忘往事。

許久之後，在某段我試著想了解自己的日子裡，確切的時間已經記不清楚，我到了瓜希拉半島那一帶的村莊推銷百科全書和醫藥書籍，偶然路經那座毫無生氣的印第安人村莊。當時是一天最炎熱的時刻，在一棟屋子面海的窗口，有個穿著簡便喪服的女人正在使用裁縫機刺繡，她戴著金屬框眼鏡，有一頭泛黃的白髮，她的頭頂上懸掛一個鳥籠，裡頭有一隻金絲雀不停地鳴唱。看見她在窗邊，恍若一幅鄉村畫，我不願相信這個女人是我記憶中的那一位，因為我無法接受人生的終曲竟像三流的文學作品。但那的確是她：那場悲劇發生二十三年過後的安荷拉．維卡里歐。

她對待我的態度一如以往，當我是個遠房表哥，回答我的問題時，神智非常清楚，還語帶幽默。她是那樣成熟和睿智，讓人難以相信是同一個人，我最感驚訝的是她如何理解她的人生。見面後短短幾分鐘，我已經不覺得她像乍看時那般衰老，而是一如記憶中那般年輕，跟二十歲那年被迫嫁給毫無感情基礎的男人的她判若兩人。她的母親已經老得看不出年紀，她接待我時，像是看到可怕的幽靈。她拒絕談論過去，我只能從她跟我母親的談話中抽絲剝繭，找出那麼幾句話，再從我的回憶中勉強找回其他幾句，來增補這篇命案的紀事。她想盡辦法，就是要安荷拉．維卡里歐過著活死人的生活，但是這個女兒並沒有讓她得逞，因為她從不隱瞞自己的不幸。相反地，她願意將不幸遭遇，鉅細靡遺地告知所有想聽的人，只保留她死也不肯澄清的部分：是誰、是怎麼發生的，以及是何時，也就是她失身的真正原因，因為沒有人相信罪人是山迪亞哥・拿紹爾，他們分屬於不同的世界。從沒有人看見他們在一起，更不用說是單獨相處。山迪亞哥・拿紹爾太過高傲，看不上她。「你那個表妹真蠢。」當我不得不提到她時，他總是這麼說，況且我們當時都稱他大嘴鷲。他就跟他的父親一樣，獨自在山區一帶獵艷，不知迷倒多少含苞待放的少女，奪走她們的貞操，但是在村莊裡，只聽過他跟弗洛拉・米蓋爾正常交往，以及他著魔似地迷上瑪莉亞・阿蕾韓蒂娜・塞萬堤斯時，有過一段整整十四個月水深火熱的關係。大家最常聽到或許也是最差勁的版本，是安荷拉・維卡里歐想保護她真正所愛的人，她會挑山迪亞哥・拿紹爾當代罪羔羊，是猜想兩個哥哥不敢拿他怎樣。我第二次去拜訪她時，已經釐清這段故事的情節脈絡，也試圖挖掘真相，但是她盯著繡花，頭連抬都沒抬便駁斥。

「表哥，別再兜圈子了。」她對我說。「就是他。」

她對於其他細節毫不避諱，連新婚夜的慘況也交代得一清二楚。她說她的朋友教她把丈夫灌醉在床上，等到他神智不清，再假裝害羞要他關燈，然後用明礬水沖洗陰道，讓陰道收縮偽裝處女，並且將紅藥水滴在床上，隔天拿到新婚住處的院子晾曬展示。只是她那位跟老鴇沒兩樣的朋友沒料到兩件事：巴亞多．聖羅曼的酒力驚人，以及安荷拉．維卡里歐天生愚蠢外，還摻雜了被母親訓練出來的正派因子。「我根本沒按照計畫進行。」她對我說。「我越想越覺得不能對任何人做那種下流之事，況且是那個走霉運想娶我的可憐男人。」因此，她在點著燈的臥室裡，任憑自己被剝光衣服，一點也不怕毀了自己的人生。「很簡單。」她對我說。「因為我死意堅決。」

事實上，她毫不害羞地談論她的不幸，是為了掩飾另一個不幸，那個啃噬她內心的真相。一直到她決定向我吐實之前，都沒有人料到，巴亞多·聖羅曼把她送回娘家那一刻，已經永遠留在她的人生裡了。那彷彿是一種寬恕。「當媽媽打我，我突然開始想他。」她對我說。她知道是為了他而挨媽媽的拳頭，似乎感覺不那麼痛了。當她倒在飯廳的沙發上啜泣，有些訝異自己還想著他。「我哭，不是因為挨打或是不幸的遭遇。」她對我說。「我是為他而哭。」當她的母親將沾上山金車藥膏的紗布敷在她臉上，她也繼續想念他；當街上傳來吵鬧聲，塔樓的火災警報鐘聲響起，她的母親進來告訴她可以睡了，因為最糟糕的事已經結束，她卻更加思念他。

很長一段時間，她一直思念他，但是不敢做任何幻想，一直到她陪母親到里奧阿查城檢查視力。她們路經碼頭旅館，走了進去，她們認識旅館主人，蒲莉西瑪・維卡里歐在酒吧點了一杯水。當她背對著女兒喝水，女兒卻在廳堂中，看見朝思暮想的幻影出現在多面鏡子裡。安荷拉・維卡里歐凝聚所有勇氣回過頭，看見他經過她們身邊，他並沒有看見她，然後走出旅館，接著她的視線回到母親身上，心碎了一地。蒲莉西瑪・維卡里歐剛喝完水，舉起袖子擦乾嘴唇，她坐在櫃檯邊戴著新配的眼鏡對她微笑。從那抹笑容中，安荷拉・維卡里歐打從出娘胎以來，第一次看清她的真面貌：一個盡心崇尚自身缺點的可悲女人。「該死。」她啐道。她心煩意亂，回程途中一路高歌，到家後躺在床上哭了三天。

她感覺自己又活了過來。「我開始迷戀他。」她對我說。「全心全意地迷戀他。」她閉上眼睛就能看見他，聽見他在浪濤聲中的呼吸，半夜躺在床上感受他滾燙的身體而醒來。那個週末，她片刻不得安寧，提筆寫了第一封信給他。那是一封普通的信，她在信裡告訴他，她看見他走出旅館，希望他當時也看見了她。她空等回音。過了兩個月，她厭倦再等待，又寫了一封跟前封一樣語氣平靜的信，目的只想責備他不懂禮節。六個月後，她一共寫了六封信，儘管沒有任何回音，確認他一直收到信也就心滿意足。

第一次，安荷拉·維卡里歐主宰了自己的命運，這時她發現恨意跟愛情是相互依附的情感，她信寄得越多，熱情就燒得越熾烈，對母親的怨恨也就跟著越深。「我一看到她就作嘔。」她跟我說。「可是看到她也會想起他。」她遭退婚後的日子跟單身時一樣單調乏味，她總是跟著女性朋友用裁縫機刺繡，一如以前縫製布製鬱金香和做紙紮小鳥，但是等母親入睡後，她會待在臥室繼續寫那些看不到盼望的信直到凌晨時分。她變得頭腦清醒，有主見，意志堅強，成為只屬於他的處女，她只聽從自己的聲音，只依照自己的執念行事。

她每個禮拜寫一封信，持續了下半輩子。「有時我不知道該說什麼。」她對我說，笑得喘不過氣來。「但只要知道他會繼續收信就夠了。」一起先她寫的是一些未婚妻的信簡，接著是秘密戀人的情書，短命婚姻新娘的香水短箋，談判紀事和愛情誓約，最後是一個棄婦的憤怒家書，她為了逼他回來，甚至在信裡胡謅自己生重病。有一天晚上她心情正好，打翻了墨水瓶，墨水淹在剛寫好的信上，她非但沒有撕破信紙，還加了補註：「我寄上淚水，佐證我的愛意。」有時她哭累了，便嘲弄自己瘋狂的行為。郵局換了六次女職員，六次她都成功得到她們的幫忙。她從沒想過的是放棄，然而，男方似乎感受不到她的癲狂，她就像是寫信給一個不存在的人物。

十年後一個多風的凌晨，她清楚感覺到他一絲不掛躺在她的床上，清醒過來，於是她給他寫了一封長達二十頁熱情澎湃的信，她把廉恥拋到一邊，在信裡一股勁兒發洩從那個不幸的新婚夜開始悶在內心的苦澀真相。她跟他描述他在她的身體留下的永恆烙印，舌頭嚐到的鹹味，他一如非洲勇士勇猛的撞擊。她每個禮拜五下午都會跟郵局女職員一起刺繡，她把信交給她，她相信這是她在喘息掙扎中最後一次的情感發洩。但是她沒收到回音。從那以後，她已經不知道自己在寫什麼，也不確定是寫給誰，即便如此，她依舊繼續寫了十七年。

一個八月的正午，當她跟女伴一起刺繡，她感覺有個人出現在門口。她不必抬頭，就知道來者是誰。「他胖了，頭髮也開始稀疏，而且他得戴老花眼鏡看近的東西。」她對我說。「但是那是他！天哪！是他！」她慌張不已，因為她知道她在他眼中已是人老珠黃，正如他在她眼中也是老態龍鍾。她不相信他像她愛得這麼深，能忍受這個事實。他身上的襯衫讓汗水濕透，一如她第一次在節慶上看見他的時候一樣，他還是繫著同樣的皮帶，帶著同樣鑲上銀飾的皮製鞍囊，不過上面的縫線已經脫落。巴亞多．聖羅曼往前一步，不理睬一旁目瞪口呆的其他刺繡女伴，把鞍囊擱在裁縫機上。

「好吧。」他說。「我來了。」

他決定留下來，除了帶來一個衣箱，還帶了另一個皮箱，裡面塞滿她寫來的近兩千封信。信件按照日期整齊排列，用彩色緞帶緊緊地捆成一包包，一封也沒拆開過。

5_

許多年間，我們只談論這個話題。我們日復一日受那樣多一成不變的習慣操縱的行為，突然開始圍繞著同樣的焦慮打轉。我們在破曉時分聽到公雞啼叫醒來，試著把造成荒謬命案的無數巧合兜起來，我們這麼做，不是想釐清謎團，而是我們繼續活著，就不能不搞清楚命運到底把我們安插在什麼位置，和安排了什麼樣的任務。

很多人始終沒搞清楚，克里斯托．貝多亞後來成為著名的外科醫生，他一直無法解釋為什麼當時不回家休息，而是一股念頭上來，到祖父母家待兩個小時等主教光臨，他的父母想警告他卻枯等他到天亮。大多數人都能做點事阻止命案發生，然而都袖手旁觀，他們安慰自己，說攸關名譽的事是神聖的私事，只有當事人能處理。「名譽等於愛情。」我常聽母親把這句話掛嘴邊。歐兒登西亞．包德只在本案看到兩把還沒沾血的兇刀，卻深深受到幻影糾纏，深陷悔恨的泥淖，有一天，她再也受不了，於是脫光衣服跑到大街上。山迪亞哥．拿紹爾的未婚妻弗洛拉．米蓋爾怨恨絕望之餘，跟一位邊界的中尉私奔，後來對方推她下海，在比查達省的橡膠工人間賣淫。曾經接生過三個世代嬰兒的產婆奧拉．米耶羅斯聽到消息後竟膀胱痙攣，一直到她嚥下最後一口氣那天，都得使用導管排尿。羅赫里奧．德拉弗洛先生，也就是克蘿蒂德．阿爾門塔的好丈夫，八十六歲了還精力充沛，卻在最後一次起床後目睹山迪亞哥．拿紹爾靠在自家緊閉的大門前遭亂刀砍死，受到驚嚇過世。普拉喜妲．里內羅在最後一刻關上那扇門，但是她及時撇下過錯。「我關上門，是因為狄薇娜．芙洛兒發誓看到我兒子已經進門。」她告訴我。「結果是騙人的。」但她一直沒有原諒自己混淆了樹木象徵的吉兆和鳥兒預告的不幸，於是她沉迷於嚼食小荳蔻提神的惡習。

命案發生十二天後，預審法官發現整座村莊沉溺在痛苦中無法自拔。他在市政府廳木板搭建的簡陋辦公室裡，啜飲注入甘蔗酒的鐵鍋咖啡，來對抗炎熱引起的昏昏欲睡，他得要求援兵來幫忙驅散爭先恐後不請自來的民眾，他們等不及想展現自己在這場悲劇中扮演的重要地位。他剛剛畢業，還穿著法律學校的黑色毛料西裝，手上的金戒指有他獲得頭銜的標誌，全身上下散發快樂新鮮人的傲氣和激情，但是我始終不知道他的名字。我們對他個性的了解是來自簡易判決書，命案發生後二十年，有無數的人幫忙我在里奧阿查城的法院尋找判決書的下落。檔案沒有任何分類，超過一個世紀的卷宗堆在老舊的殖民地時代建築內的地板上，而這裡可能曾作為法蘭西斯·德瑞克爵士的總司令部兩天。一樓淹進暴漲的海潮，一冊冊脫線的資料漂浮在空蕩蕩的辦公室裡。我曾經多次踩著淹到腳踝的海水，在這座充滿散落的訴訟檔案的水池探索，花了五年時間，我只在一次偶然機會，從應該包含簡易判決書在內的五百多頁資料中，救回大約三百二十二頁。

資料中遍尋不著法官的名字，但他顯然是個熱愛文學的人，他必定博覽西班牙古典文學和一些拉丁文學，他對尼采相當有研究，那是他那個時代的法官追捧的作家。旁邊空白處的註記從墨水的顏色來看，似乎是用鮮血寫下的。他太過茫然，不知道自己怎麼會碰上這樁謎案，因此多次透過與精準科學相對的文學來抒發。他尤其懷疑這樁命案的真實性，連文學虛構的人生都不可能出現這樣多的巧合，讓一樁預告的死亡如野火燎原般傳開來。

然而，他在努力調查後卻找不到任何線索，即使是假的也好，可以證明山迪亞哥・拿紹爾真是這起退婚案的罪魁禍首。安荷拉・維卡里歐的女性朋友是這場騙局的共謀，她們在事發後許久一段時間，一直說著她婚禮前就向她們吐露她的秘密，但是從未透露任何名字。簡易判決書上記錄了她們的證詞：「這就像她告訴我們神蹟，卻沒點出聖人是誰。」安荷拉・維卡里歐堅持她的立場，當預審法官以旁敲側擊的方式，問她是否知道送命的山迪亞哥・拿紹爾是誰，她面不改色地回答：

「是毀掉我人生的禍首。」

簡易判決書上是這麼寫的，沒有說明是哪種方式以及在哪裡發生，在僅僅三天的審判期間，民間代表盡力爭辯這樣的指控薄弱無力。預審法官感到不知所措，他缺乏控訴山迪亞哥・拿紹爾的證據，查案的奮力似乎隨著失望而付諸流水。在四百一十六頁，法官親筆在空白處用藥房買來的紅墨水寫下註記：給我一個偏見，我就可以撼動這個世界。在這句洩氣的註記下面，他用一樣血紅色的墨水，以愉快的筆觸畫下一支箭射穿愛心。對法官以及對山迪亞哥・拿紹爾比較親近的朋友來說，他在死前幾個小時的舉動，便已確切證明他的無辜。

事實上，山迪亞哥・拿紹爾在喪命的那天早上，就算清楚知道他們要他為損害名譽付出什麼代價，也不會有半刻心虛。他知道他的世界是多麼偽善，他應該了解那一對天性單純的雙胞胎兄弟根本受不了外界眼光的嘲弄。沒有人深入去認識巴亞多・聖羅曼，不過山迪亞哥・拿紹爾相當了解他，他知道他即使散發上流社會的傲氣，骨子裡就跟任何人一樣，怎麼也擺脫不了與生俱來的偏見，因此，他如此不放在心上根本是自殺行為。此外，當他終於在最後一刻得知維卡里歐兄弟正等著殺他，顯露出來的反應不是驚恐，反而像是天真得不知所措。

依我看來，他斷氣那刻根本不懂自己為什麼會死。他答應我的妹妹瑪格特要到我家吃早餐之後，克里斯托．貝多亞就拖著他的手臂沿著碼頭離開，他們兩個看起來一派從容，引人錯誤想像。「他們很開心。」梅妹．洛艾薩對我說。「我以為是事情已經落幕，還感謝天主一番。」當然，不是每個人都那麼喜歡山迪亞哥．拿紹爾。電廠老闆波洛．卡里略不認為他的鎮靜是不知情，而是無恥。「我以為他靠錢擺平了。」他跟我說。他的太太法絲塔．洛培茲說：「他就跟所有的阿拉伯人一樣。」尹達雷西沃．帕爾多到克蘿蒂德．阿爾門塔的店裡時，雙胞胎兄弟告訴他，他們等主教離開就要殺掉山迪亞哥．拿紹爾。他跟許多人一樣，認為那是他們通宵沒睡而胡思亂想，但是克蘿蒂德．阿爾門塔告訴他這是真的，並要求他追上山迪亞哥．拿紹爾，警告他當心。

「不必多此一舉。」佩德羅．維卡里歐對她說。「就當他已經死了吧。」

這是個太過明顯的挑釁。雙胞胎兄弟知道尹達雷西沃．帕爾多跟山迪亞哥．拿紹爾的關係，他們打的如意算盤肯定是，他能阻止命案發生，也能助他們兩個免於蒙羞。但是當尹達雷西沃．帕爾多看見山迪亞哥．拿紹爾讓克里斯托．貝多亞拖著走，並混在紛紛離開碼頭的人群中時，尹達雷西沃．帕爾多竟不敢警告他。「我怕了。」他對我說。他拍拍他們的肩膀，就讓他們走了。而他們正專心計算婚禮的花費，根本沒注意他出現。

民眾跟他們走往同樣的方向，一同湧向了廣場。人群密密麻麻，但是艾絲克拉蒂卡・西斯內羅斯確信她看到這兩個朋友神情輕鬆走在中央，他們四周形成一個空心圓，因為大家都知道山迪亞哥・拿紹爾命在旦夕，不敢靠近。連克里斯托・貝多亞都想起那時大家對他們的態度很不一樣。「他們盯著我們的樣子，像是我們頂著一張花臉。」他跟我說。而且，莎拉・諾里耶戈打開鞋店的那一刻他們正巧經過，她看見面無血色的山迪亞哥・拿紹爾而嚇了一大跳，但是山迪亞哥要她別緊張。

「嘿，莎拉！」他說，腳步不停歇。「那是因為宿醉！」

瑟蕾絲德・丹戈恩穿著睡衣坐在家門口，取笑那些為了歡迎主教而打扮的人，她邀山迪亞哥・拿紹爾喝杯咖啡。「我當時的想法是拖點時間。」她對我說。可是山迪亞哥・拿紹爾回答他急著回去換衣服，好跟我的妹妹吃早餐。「我聽了手足無措。」

瑟蕾絲德・丹戈恩跟我解釋。「我突然覺得他這麼確定自己要做什麼，他們怎麼可能殺他。」只有亞米爾・沙歐姆做了他認為該做的事。他一聽到傳聞，立刻走到他的布行外，打算警告山迪亞哥・拿紹爾。他是最後一批來到這裡的阿拉伯人，當年他跟著亞伯拉罕・拿紹爾一塊兒來，是他的牌友，一直到他去世為止，他一直擔任他們家的生意顧問。沒有人跟山迪亞哥・拿紹爾談話比他更有分量。然而，他心想如果只是子虛烏有，豈不害山迪亞哥・拿紹爾白白擔心，他想先跟克里斯托・貝多亞查證，或許他的消息比較明確，他叫住經過的克里斯托・貝多亞。這時山迪亞哥・拿紹爾已經走到廣場轉角，克里斯托・貝多亞拍了他的後背一下，接著他朝亞米爾・沙歐姆走過去。

「禮拜六見。」他對他說。

山迪亞哥・拿紹爾沒理會他，反而對亞米爾・沙歐姆說起阿拉伯語，後者也用阿拉伯語回應，笑得站不住身子。「那是我們經常玩的雙關語遊戲。」亞米爾・沙歐姆跟我說。山迪亞哥・拿紹爾繼續邁出腳步，他舉起手向他們揮別，繞過廣場的轉角。那是他們最後一次看到他。

克里斯托・貝多亞一聽完亞米爾・沙歐姆的消息，立刻衝出布行，打算追上山迪亞哥・拿紹爾。他的確看到他繞過轉角，可是卻在廣場逐漸散去的人群中遍尋不著他的身影。他問了好幾個人，每個人都回答同樣的話。

「我剛看到他跟你在一起。」

他覺得才一眨眼時間，他不可能馬上就回到家，但是他還是到他家找人，他發現前門半掩，沒拉上門栓。他跨過門檻，沒發現地上的紙條，他穿過昏暗的廳堂，試著別發出聲音，因為時間還太早，這時還不是接待訪客的時間，但是屋子盡頭的狗兒騷動起來，往他直奔過來。他使出跟牠們的主人學來的妙招，拿出鑰匙安撫，不過牠們還是繼續跟著他到了廚房。他在走廊上遇見狄薇娜・芙洛兒，她提著水桶，拿著拖把，正要去廳堂拖地，她跟他確認了山迪亞哥・拿紹爾還沒回來。當他踏進廚房時，維多莉亞・古茲曼剛把燉兔肉放上爐子。廚娘立刻猜到他的來意。「她的心臟差點跳出喉嚨。」克里斯托・貝多亞對我說。當他問山迪亞哥・拿紹爾在不在家時，她佯裝天真地回答說他還沒回來睡覺。

「這可不是開玩笑的。」克里斯托・貝多亞對她說。「他們正在找他，打算殺死他。」

維多莉亞・古茲曼忘了繼續偽裝天真。

「那兩個可憐的年輕人不可能殺人。」她說。

「他們從禮拜六喝酒喝到現在。」克里斯托・貝多亞說。

「就是因為喝酒，所以不可能。」她回答。「沒有人會醉到吃自己的大便。」

克里斯托・貝多亞回到廳堂，狄薇娜・芙洛兒剛打開窗戶。「顯然沒下雨。」克里斯托・貝多亞對我說。「早上快七點了，金黃色的陽光從窗戶照進來。」他再一次向狄薇娜・芙洛兒確認山迪亞哥・拿紹爾是否真的沒有從廳堂進門，這時她的回答跟第一次一樣確定。他問普拉喜妲・里內羅在哪兒，她回答她把咖啡擺在小夜桌上一陣子了，但是沒叫醒她。這一直是她的習慣：七點起床，喝咖啡，下樓指示該準備什麼午餐。克里斯托・貝多亞瞥了一眼時鐘：六點五十六分。他爬上樓，想確定山迪亞哥・拿紹爾是否還沒回家。

臥室的門從裡面反鎖，因為山迪亞哥・拿紹爾是從母親的臥室出去的。這間屋子對克里斯托・貝多亞來說就跟自己的家一樣熟，而且這個家的人都十分信任他，所以他推開普拉喜如・里內羅的房門，打算從那裡走到隔壁的臥室。夾雜灰塵的陽光從天窗傾瀉而下，吊床上側躺著一名美麗的女子，白皙的手擱在臉頰邊，美得不可思議。「她就像一縷幽魂。」克里斯托・貝多亞跟我說。他凝視她半晌，沉醉在她的美麗，接著他安靜地走過臥室，經過浴室前面，進入山迪亞哥・拿紹爾的臥室。他的床依舊是整齊的，扶手椅上擺著牛仔帽，地上一雙靴子，一旁是馬刺。山迪亞哥・拿紹爾擺在夜桌上的手錶顯示六點五十八分。「突然間，我心想他回來過，然後全副武裝出門。」克里斯托・貝多亞對我說。但是他在夜桌的抽屜找到麥格農子彈手槍。「我沒開過槍。」克里斯托・貝多亞對我說。「可是我拿起左輪手槍，準備帶給山迪亞哥・拿紹爾。」他把搶插在皮帶上，用襯衫遮住，一直到命案發生後，他才發現手槍沒有裝填子彈。正當他關上抽屜，普拉喜妲・里內羅拿著咖啡杯出現在門口。

「天主啊！」她驚呼。「你嚇死我了！」

克里斯托・貝多亞也嚇了一跳。他看見她沐浴在晨光中，身上裹著一件金色百靈鳥刺繡圖案的睡袍，披頭散髮，方才的美感已經消失無蹤。他簡單解釋說，進來這裡是為了找山迪亞哥・拿紹爾。

「他去迎接主教。」普拉喜妲・里內羅說。

「主教走了。」

「我就知道。」她說。「真是狗娘養的兒子。」

她沒繼續說下去，因為這時她發現克里斯托・貝多亞渾身不自在。「願天主原諒我。」普拉喜姐・里內羅跟我說。「但是我看他那不知所措的模樣，忽然以為他是進來偷東西。」於是她問他發生什麼事。克里斯托・貝多亞發現他的行為令人起疑，但是他沒勇氣說出實話。

「我到現在連一分鐘都還沒睡。」他對她說。

他沒多做解釋就離開了。「總之，」他對我說。「她總是想像有人要偷她的東西。」他在廣場上遇到阿馬多神父，彌撒沒能如願舉辦，他正帶著祭服要回教堂，可是他認為神父除了能拯救山迪亞哥・拿紹爾的靈魂，幫不上什麼忙。他決定再去碼頭，這時他感覺有人從克蘿蒂德・阿爾門塔的店鋪呼喚他。佩德羅・維卡里歐站在門口，他臉色慘白，頭髮凌亂，襯衫敞開，袖子捲到手肘位置，拿著一把他用鋼絲鋸親自改造的粗糙刀子。他的態度粗魯無禮，看來應該是刻意的，不過這不是他希望有人能阻止他犯下命案，而試圖在最後幾分鐘努力裝出來的模樣。

「克里斯托。」他咆哮。「告訴山迪亞哥·拿紹爾，我們在這裡等著要殺他。」

克里斯托·貝多亞大可順水推舟，阻止命案發生。「如果我會用槍，山迪亞哥·拿紹爾就不會死。」他對我說。但他光這麼想就已是心驚膽跳，因為他曾聽聞包殼彈具有的毀滅性威力。

「我警告你，他可是帶著一把麥格農子彈手槍，打穿引擎都沒問題。」他嘶喊。

佩德羅·維卡里歐知道他說的不是真的。「他穿騎士裝的時候才會帶武器。」他對我說。但無論如何，當他得替妹妹挽回名譽時，也考慮過他可能帶槍。

「死人不會開槍。」他吼了回去。

這時，帕布羅．維卡里歐走到門口，他跟弟弟一樣臉色慘白，身上穿著參加婚禮的外套，拿著一把用報紙包好的刀。「要不是因為打扮，」克里斯托．貝多亞對我說。「恐怕根本分不清他們誰是誰。」克蘿蒂德．阿爾門塔出現在帕布羅．維卡里歐後面，她呼喚克里斯托．貝多亞動作快一點，這座充滿懦夫的村莊，只有他這個男子漢能阻止悲劇發生。

從這一刻起，所有發生的事開始失控。人潮從碼頭回來，他們注意到咆哮聲，紛紛在廣場上占好位置，準備見證命案發生。克里斯托．貝多亞向幾個熟人問起山迪亞哥．拿紹爾，但是沒人看見他。他在交際俱樂部的門口遇見拉薩羅．阿蓬德上校，告訴他剛剛在克蘿蒂德．阿爾門塔的店鋪前發生的事。

「怎麼可能。」阿蓬德上校。「因為我才叫他們兄弟倆回家去睡覺。」

「我剛剛看見他們拿著一把殺豬刀。」克里斯托．貝多亞說。

「怎麼可能，因為我叫他們回去睡覺前，已經拿走了刀子。」村長說。「你應該是在這之前看到他們。」

「我在兩分鐘前看到他們，手裡各拿著一把殺豬刀。」克里斯托．貝多亞說。

「喔，混帳！」村長啐道。「那麼他們應該是回家拿了其他的刀子！」

他當下保證要處理這件事，但是他隨後便進入交際俱樂部去確認當晚的一場骨牌牌局，再踏出門口時，命案已經發生。克里斯托．貝多亞在那一刻犯下他唯一致命的錯誤：他以為山迪亞哥．拿紹爾最後會決定先不回家換衣服，而是直接到我們家吃早餐，所以他到那兒去找他。他踩著急促的腳步沿著河岸前進，一路問所有遇到的人是否看到山迪亞哥經過，可是沒有人看到。他沒有覺得不對勁，因為到我們家還有其他條路。高地人波絲佩拉．阿蘭戈求他幫忙，她的爸爸躺在她家露天樓梯上奄奄一息，教宗匆匆的祝福根本沒有效果。「我看見他經過。」我的妹妹瑪格特說。「他的臉色跟死人一樣慘白。」克里斯托．貝多亞花了四分鐘確定病人的狀況，然後保證晚一點回來會幫他做緊急處理，可是他又花了三分鐘幫忙波絲佩拉．阿蘭戈扶他到臥室。他離開她家時，隱約聽到遠處傳來尖叫，還以為有人在廣場那邊放煙火。他試著快跑，但是腰帶上沒插好的手槍阻撓了腳步。他繞過最後一個街角，認出我媽媽的背影，她正拖著小兒子往前走。

「露意莎．山迪亞葛。」克里斯托．貝多亞朝她大聲喊道。

「妳的教子在哪裡？」

我的母親回過頭，淚流滿面。

「喔！孩子！」她回答。「聽說他們殺死他了。」

就是這樣。當克里斯托．貝多亞四處找人時，山迪亞哥．拿紹爾正踏進他的未婚妻弗洛拉．米蓋爾家，也就是他最後一次看見他的那個轉角。「我完全沒想到他在那裡。」他對我說。「因為她是睡到中午才起床的人。」大家聽說的版本是，一家人在納伊．米蓋爾的一聲令下都得睡到十二點，他是家族內備受敬重的人物。「所以弗洛拉．米蓋爾即使早已過了花樣年華，還是像朵玫瑰般鮮豔欲滴。」梅西迪絲說。事實上，許多人家跟他們一樣到很晚才打開大門，不過其他人都是早起勤奮的人。山迪亞哥・拿紹爾和弗洛拉・米蓋爾經雙方父母同意下準備結婚。山迪亞哥・拿紹爾還是青少年時就已訂下婚約，而且決定履行，或許他跟父親一樣將婚姻視作附帶利益。弗洛拉・米蓋爾雖然外表頗具姿色，卻缺乏魅力，也不夠精明，她當過她那一代所有婚禮的女儐相，因此對她來說訂下婚約是承蒙天主庇佑。他們的交往很簡單，沒有形式上的拜訪，也不需如履薄冰。他們的婚禮在經過多次推延過後，終於落定在接下來的聖誕節。

那個禮拜一，弗洛拉・米蓋爾聽到主教輪船剛抵港時的汽笛聲醒過來，不久她聽說維卡里歐兄弟正等著要殺山迪亞哥・拿紹爾。慘案發生後，她只跟我的修女妹妹談過這件事，她說她根本不記得是聽誰告知的。「我只知道早上六點大家都聽說了。」她對我妹妹說。然而，她卻不覺得他們會殺掉山迪亞哥．拿紹爾，她反而覺得他們會強迫他娶安荷拉．維卡里歐以討回名譽。她感到羞辱，痛苦不堪，當大半個村莊的人正等主教光臨，她卻在臥房裡氣哭了，然後把一盒山迪亞哥．拿紹爾從學校寄給她的信件整理一番。

山迪亞哥．拿紹爾只要路經弗洛拉．米蓋爾的家，不管有沒有人，都會拿鑰匙刮窗戶的鐵網。那個禮拜一，她把一盒信擺在膝上，等著他出現。山迪亞哥．拿紹爾從外面的街道看不到她，但她卻從鐵網凝視他走過來，準備拿鑰匙刮鐵網。

「進來。」她對他說。

從沒有人在清晨六點四十五分進入這間屋子，連醫生也不曾做過。山迪亞哥．拿紹爾剛剛告別克里斯托．貝多亞，把他丟在亞米爾．沙歐姆的布行，而廣場上有那麼多人在等他，實在難以理解竟然沒人看到他踏進未婚妻的家。法官找不到任何目睹他進去的人，他跟我一樣鍥而不捨，卻怎麼也找不到。簡易判決書第三百八十二頁，他在旁邊空白處用紅色墨水寫下評斷：「我們在宿命的擺弄下隱形無蹤。」事實上山迪亞哥·拿紹爾在眾目睽睽下走進大門，他沒有刻意躲避眾人目光。弗洛拉·米蓋爾在客廳等他，臉色氣得鐵青，身上穿著一套散發哀傷氣息、綴著鐵環的洋裝，那是參加追思場合的打扮，接著她把那盒信交到他手中。

「還你。」她對他說。「希望他們殺了你！」

山迪亞哥·拿紹爾一臉茫然，盒子從他手上掉落，失去愛情滋潤的信撒落滿地。他想追上躲進臥室的弗洛拉·米蓋爾，無奈她關上門，還拉上門鎖。他敲了幾下，著急地呼喊她，聲音在這個時間聽來格外刺耳，因此全家人擔心地出來看發生什麼事。包括血親和姻親，大人和小孩，一共超過十四個人，最後一個出現的是父親納伊．米蓋爾。他留著紅色鬍子，套著一件從故鄉帶來的貝都因人的寬鬆長袍，那是他平常的家居服裝。我看過他很多次，他身形魁梧，舉止穩重，但是我印象最深刻的是他散發出的威嚴。

「弗洛拉。」他用他的母語呼喚。「開門。」

他踏進女兒房間，而其他家族成員全盯著山迪亞哥．拿紹爾，看他跪坐在客廳收拾地上的信件，然後放進盒子裡。「那一幕像他正在懺悔。」他們跟我說。幾分鐘後，納伊．米蓋爾從臥室出來，他手揮一揮，全家人紛紛離去。

接著他依舊用阿拉伯語跟山迪亞哥．拿紹爾說話。「起先我發現他根本不懂我說什麼。」他對我說。於是我質問他知不知道維卡里歐兄弟打算殺他。「他臉色刷地變白，手足無措，很難想像他是假裝的。」他對我說。他認為他的反應不只是害怕，而是摸不著頭緒。

「你應該知道他們的理由。」他對山迪亞哥．拿紹爾說。「但是無論如何，現在你只有兩條路可走，要不躲在這裡，因為這裡就像你家，要不拿著我的獵槍出去。」

「我一點也不懂到底發生什麼事。」山迪亞哥．拿紹爾說。

這是他唯一擠得出來的話，他用西班牙語說的。「他像是淋濕的小鳥。」納伊．米蓋爾跟我說。我得拿走他手中的盒子，因為他不知道該放哪裡，好讓他能開門出去。

「可能會是二個對一個。」他這樣告訴山迪亞哥．拿紹爾。

山迪亞哥．拿紹爾離開了。村民站在廣場上，像看遊行的日子一樣，所有人都看見他走出來，也都明白他已經知道他們要殺他，因為他太過驚慌，甚至找不到回家的路。據說有人從陽臺對他大喊：「不要從那邊，阿拉伯人，從舊碼頭回家。」山迪亞哥．拿紹爾尋找聲音的來源，亞米爾．沙歐姆對他大喊進來他的布行，然後到裡面去拿他的獵槍，可是他卻不記得彈匣藏在哪裡。四面八方開始傳來吼聲，山迪亞哥．拿紹爾轉了好幾圈，先是逆時針轉，接著又順時針轉，那麼多聲音同時響起，他暈頭轉向。他顯然想從廚房的那道門進屋，但他應該是突然發現大門敞開著。

「他來了。」佩德羅．維卡里歐說。

他們倆同時看見他。帕布羅．維卡里歐脫下外套放在凳子上，接著拿出像是彎刀的殺豬刀。他們離開店鋪之前，不約而同地在胸前比劃十字。這時克蘿蒂德．阿爾門塔抓住佩德羅．維卡里歐的襯衫，對著山迪亞哥．拿紹爾大喊快逃，他們要殺他。這一聲叫喊是如此急迫，壓過了其他聲音。「起先他嚇了一跳。」克蘿蒂德．阿爾門塔對我說。「因為他不知道是誰在對他大叫，也不知道聲音是從哪裡傳來。」可是當他看清楚她，也看到了佩德羅．維卡里歐一把將她推倒在地，追上他的弟弟。山迪亞哥．拿紹爾離他家不到五十公尺，他拔腿奔向大門。

五分鐘前，維多莉亞．古茲曼在廚房裡告訴普拉喜妲．里內羅每個人都已經知道的消息。普拉喜妲．里內羅是個冷靜的女人，因此她沒有露出絲毫的驚慌。她問維多莉亞．古茲曼是否警告過她的兒子，可是她睜眼說瞎話，答說他下樓喝咖啡時，她還不知道這件事。狄薇娜．芙洛兒還在廳堂拖地，她看見山迪亞哥．拿紹爾從面對廣場的大門進來，爬上通往臥室的船梯。「我看得很清楚。」狄薇娜．芙洛兒告訴我。「他穿著白色套裝，手裡拿著一個東西，我看不太清楚那是什麼，但像是一束玫瑰。」因此，當普拉喜妲・里內羅跟她問起山迪亞哥・拿紹爾時，狄薇娜・芙洛兒要她別擔心。

「他一分鐘前上樓進房間了。」狄薇娜・芙洛兒對她說。

這時普拉喜妲・里內羅瞥見地上有張紙，但是她沒想說要撿起來，直到有人在悲劇發生後的一團混亂中拿給她看，她才知道上面寫了什麼。她從大門看見維卡里歐兄弟拿著白晃晃的刀衝向她家。她從站的位置只看得到他們，但看不到從另一個方向跑向大門的兒子。「我以為他們想要衝進屋子裡殺他。」她對我說。於是她跑到門邊，把門砰一聲關上，當她拉上門栓時，聽見山迪亞哥・拿紹爾的叫聲，她也聽見他害怕地捶打門板的聲音，可是她以為兒子在樓上的臥室陽臺辱罵維卡里歐兄弟。她想上樓去幫他。

當大門關上時，山迪亞哥・拿紹爾只差幾秒就能衝進去，他只來得及舉起拳頭捶幾下，接著轉過身，赤手空拳與敵人作戰。「當我跟他面對面時嚇了一大跳。」帕布羅・維卡里歐對我說。「我感覺他的塊頭好像比平常大兩倍。」佩德羅・維卡里歐拿著筆直的刀，山迪亞哥・拿紹爾舉起手抵擋砍向他身體右側的第一刀。

「狗娘養的混帳！」他大叫。

那把刀刺穿他的右手掌，接著完全沒入他身體側邊。所有人都聽見他痛苦的慘叫聲。

「喔，媽呀！」

佩德羅・維卡里歐使出屠夫的蠻力拔出刀子，然後往同樣的地方砍去第二刀。「奇怪的是，刀子抽出來時是乾淨的。」佩德羅・維卡里歐對法官說。「我至少砍了他三刀，連一滴血也沒有。」山迪亞哥・拿紹爾挨了三刀後，痛得抱住肚子彎下腰，發出牛犢的呻吟，並想轉過身去。帕布羅・維卡里歐拿著彎刀站在他左邊，這時他往山迪亞哥・拿紹爾的背部砍去唯一的那一刀，一柱鮮血高壓噴出，浸濕他的襯衫。「我的身上沾上了他的味道。」他對我說。山迪亞哥・拿紹爾轉過身面對他們，靠著他母親家的大門，一點也沒有想抵抗的意思，彷彿他想幫忙他們砍往每個部位好置他於死。「他不再慘叫。」佩德羅・維卡里歐向法官說。「我反而感覺他在笑。」他們倆繼續在門前砍他，兩把刀輪流輕鬆落下，他們的恐懼褪去，恍若漂浮在一片幻想當中。全部的人被一場發生在自己村莊裡的命案嚇呆了，聽不到一聲尖叫。「我感覺自己像是騎著一匹馬急奔。」帕布羅・維卡里歐供認。但是兩個人像是大夢初醒，他們累壞了，然而他們感覺山迪亞哥・拿紹爾似乎永遠不會倒下。「混帳，表哥！」帕布羅・維卡里歐對我說。「你一定很難想像殺一個人有多難！」最後，佩德羅．維卡里歐跟往常一樣找尋心臟，可是他幾乎摸往腋下，那裡是豬隻的心臟位置。山迪亞哥．拿紹爾沒有倒下，其實是因為他們兄弟把他架起來貼著門板砍殺。帕布羅．維卡里歐不耐煩了，他往肚子橫切一刀，腸子全部迸出來。山迪亞哥．拿紹爾繼續靠著門板站了一會兒，直到在陽光底下看見自己泛著青藍色澤的乾淨內臟後才跪坐下來。

普拉喜妲．里內羅大聲呼喊兒子，在所有臥室尋找他的蹤影，但除了自己的叫聲之外，她聽不進其他的叫聲，之後她從面向廣場的窗戶探出去，看到維卡里歐雙胞胎兄弟奔向教堂。亞米爾．沙歐姆拿著殺虎的獵槍緊追在他們後面，還有其他手無寸鐵的阿拉伯人也追著他們跑，她以為危險已經化解。接著她走到臥室陽臺上，看見山迪亞哥．拿紹爾趴在門前的地上，努力想從自己的血泊中爬起來。他先側過身，接著支起了身子，然後像是作夢一般，雙手捧起外露的腸子邁開腳步。

他走了一百多公尺，繞了屋子一整圈，然後從廚房門口進去。他神智還很清楚，知道不要從街道走，因為那條路比較長，而是要從隔壁的屋子進去。彭丘・拉那沃還有他的妻子，以及他的五個孩子得知剛剛發生在距離他家門口不到二十步的慘劇。「我們聽到叫聲。」他的妻子對我說。「可是我們以為那是歡迎主教的慶祝會的吵鬧聲。」當他們開始吃早餐時，看見滿身是血的山迪亞哥・拿紹爾捧著他的腸子走進來。彭丘・拉那沃對我說：「我永遠忘不了那像糞便一般的可怕臭味。」可是他的女兒艾荷妮達・拉那沃敘述山迪亞哥・拿紹爾一如往常優雅地踩著步伐，每一步都計算精準，那張阿拉伯人血統的臉孔配上凌亂的鬈髮比以往還要俊美。他經過餐桌時對他們一笑，接著穿過臥室走向他們屋子的後門。「我們嚇得動彈不得。」艾荷妮達．拉那沃跟我說。我的姑姑薇內芙莉達．馬奎茲正在對面河岸的自家後院替一條鯡魚刮除魚鱗，她看見他踩著穩健的步伐，從舊碼頭的石頭臺階走下來，往他家走去。

「山迪亞哥！孩子！」她對他大叫。「你怎麼了！」

山迪亞哥．拿紹爾認出她來。

「他們殺了我，親愛的薇內芙莉達。」他說。

他在最後一階絆倒，可是馬上爬了起來。「他甚至仔細地抖落黏在腸子上的泥土。」我的姑姑跟我說。接著他從清晨六點就敞開的後門回到家，然後在廚房裡面部朝地倒下。

EL AMOR EN LOS TIEMPOS DEL CÓLERA

愛在瘟疫蔓延時

如果《百年孤寂》是一部「死亡百科全書」，那麼《愛在瘟疫蔓延時》就是一部「愛情百科全書」。這部小說以戰火動盪的大時代為背景，在前後橫跨六十多年的時間裡，寫盡了愛恨嗔癡的眾生百態。馬奎斯巧妙地將愛情的相思之苦比喻成瘟疫的病狀，而這段無法觸碰、充滿無奈的禁忌之戀，也如同無法治癒的絕症般，永無止盡地蔓延下去。

2019年7月出版

國家圖書館出版品預行編目資料

預知死亡紀事 / 加布列・賈西亞・馬奎斯作；葉淑吟譯. -- 初版. -- 臺北市：皇冠，2019.01
面；公分. --（皇冠叢書；第4735種）(CLASSIC;098)
譯自：Crónica de una muerte anunciada

ISBN 978-957-33-3418-7（平裝）

885.7357　　107021797

皇冠叢書第4735種
CLASSIC 098

預知死亡紀事【典藏紀念版】

Crónica de una muerte anunciada

作　者—加布列・賈西亞・馬奎斯
譯　者—葉淑吟
發 行 人—平雲
出版發行—皇冠文化出版有限公司
台北市敦化北路120巷50號
電話◎02-27168888
郵撥帳號◎15261516號
皇冠出版社(香港)有限公司
香港上環文咸東街50號寶恒商業中心
23樓2301-3室
電話◎2529-1778　傳真◎2527-0904
總 編 輯—龔橞甄
責任主編—許婷婷
責任編輯—蔡維鋼
美術設計—王瓊瑤
著作完成日期—1981年
初版一刷日期—2019年01月
初版二刷日期—2019年02月
法律顧問—王惠光律師
有著作權・翻印必究
如有破損或裝訂錯誤，請寄回本社更換
讀者服務傳真專線◎02-27150507
電腦編號◎044098
ISBN◎978-957-33-3418-7
Printed in Taiwan
本書定價◎新台幣280元/港幣94元